小文艺・口袋文库

小说

成 为 你 的 美 好 时 光

小文艺·口袋文库

小说

致无尽关系

孙惠芬

上海文艺出版社

目
录

—————————

致无尽关系

春天的叙述

致无尽关系

一

拉下电门总闸，关掉自来水总开关、煤气总阀，插紧所有窗户的插销，锁了门，把一个热咕隆咚的家锁在身后，回老家过年的征程就从楼道里开始了。

楼道里冷飕飕的，因为是早上，被驱逐在门外的隆冬的凉意一遇了人，就像一个长期流落街头的弃儿突然遇到亲人，冰冷的小手迅速抚擦过来，脸颊和鼻尖顿时冰凉一片。脸颊和鼻尖凉，浑身上下却一点都不凉，因为在此之前，我、丈夫、儿子、侄子，我们在楼道里已经上上下下搬运好几个来回了。我们不知道这栋楼里谁还是乡下人，谁还会和我们一样，要这么民工似的大包小裹的回老家过年。在这一趟又一趟的搬运中，我们没有碰到一个人，那清冷的感觉，好像年只属于我们，好像回家过年，只是我和丈夫、儿子我们三个人的事。

侄子只小我三岁，大嫂生他时那一头黑乎乎湿漉漉的头发曾吓得我趴在母亲怀里号啕大哭。我们一起长大，却有着完全不同的人生，他因为酷爱机械修理，一直留在大哥开在小镇的修配厂里，最终也就成了关键时刻联系我和乡下家族的使者；我因为酷爱读书，一程程从乡村走出，如今成了媒体记者定居大连，最终也就成了每逢过年都需隆重对待的城里人。

年货把面包车的后备箱挤得满满，白酒、果酒、啤酒、饮料、火腿、各种熟食品，这些东西小镇上都有，可小镇上东西终归没有大城市质量可靠、上档次，你是城里人，总得上点档次。当然重要的是有专车，侄子开面包车专程从乡下来，你总不能让车空着。盖后备箱盖时，侄子一边呼呼喘着一边开玩笑说："还有没有，要有还能装下。"

说隆重，是说侄子头天晚上就得赶到。从老家到大连不足三百里，并不算远，可因为我们返回的日子是年三十的前一天，这一天家家户户都忙着贴对联挂宗谱，侄子必须在有阳光的正午赶回家里。提前上门等待出发，这等待的时光，不由得就有些隆重了。因为这个晚上，大哥会一遍一遍打来电话，一会儿叮嘱侄子夜里早点睡，不能在路上打瞌睡，一会儿又叮嘱侄子再检一遍车，说上了高速发现隐患可就麻烦了，把侄子折腾得反而睡不着坐起来抽烟。点燃的烟头透过客厅的玻璃一星一星闪烁时，我仿佛看到大哥正热盼盼等待的目光，仿佛看到远在三百里外整个一个家族都在热盼盼等待的目光。

　　大哥大我二十多岁，他一直扮演父亲的角色，父亲去世后更是如此。十年前的冬天，他承包的汽车修配厂经营红火，买了面包车，提车的当天晚上就打来电话，"贞子，这回好了，来家过年有专车了。"那坚决而自豪的口气，仿佛他买车就为了过年时专程接我。

　　为了这隆重的专车，我和丈夫大庆一迈进腊月就开始了隆重的置办，给母亲、大嫂、公公、婆婆买衣服，为娘家和婆家办年货，为大哥、二哥、三哥、公公、大姑姐夫买拜年酒。我们先是列个单子，写上要买物品的名字，算好要买物品的数量，定好要买物品的价格。娘家和婆家同在一个乡镇，办年货一式两份，列单子并不难，难就难在衣服和拜年酒上。大嫂的腰围一年一变，去年还是二尺九今年就变成了三尺一；公公的喜好很难把握，本来还说喜欢灰色，可你买了灰色他又说太旧，常常要提前打好几个电话。自从婚后第一年拜年，每家四瓶白酒两瓶果酒就成了铁定的规矩，每每想到改革，最终又因为种种不可言说的原因照旧。

按着记忆中的亲戚依次写来，往往写着写着就乱了套，因为亲戚有远有近，同是六瓶酒，价格档次总不能一样。调整、更改，毁了几次才写好单子，终于捏在手里，雄赳赳涌入闹哄哄的人流，可临了才发现，一切全不管用。因为你写的价格和货架上的价格大不一样，去年还是四十六块钱一瓶的老牌子酒，今年一下子就涨到了七十六，巨大的价差映在眼前，握在手里的单子一下子就被汗浸湿了，要是此时再有人把你挤来搡去，不是踩了脚尖就是撞了肩膀，你的心突然就烦了，你不但心烦了，还忍不住一遍遍发问：年，到底是个什么东西？

　　年，实在不是个什么东西，对于我们这些在外的人而言，它不过是一张网的纲绳，纲举目张，它轻轻一拽，一张巨大的亲情之网立即就浮出水面。这张网其实从来都没消失过，它们潜在日子深处，藏在神经最敏感的区域，一有风吹草动，哪怕一个电话，都会让你惊慌失措。如果有谁身体不适怀疑得了重病，进城检查住到家里，你更是乱了方寸。只是很多时候，你努力忽视它忘掉它，你有太多属于自己的事情，职称晋级，孩子升学，房子搬迁，或者，你因为有太多属于自己的事情，不知不觉就忽视了它忘掉了它。可只要进了腊月，这张网就网进了大鱼似的，立即活跃起来鼓胀起来，一根根网绳在神经里绷紧抻直时，你不知不觉就成了撑网人。你成了撑网人，收获的却不是鱼，你没有鱼收获，自己却变成一条鱼被年收获，因为你必须为年准备巨大的开销。

说到底，真正的纲绳不是年，而是身后的根系，是奶奶父亲母亲以及由他们延伸出来的血脉。你是血脉上的一个支流，回乡祭祖拜亲，不过是你的本分，可是这正常得不能再正常的本分之事，每做起来，都有一种说不出的烦乱和苦恼，都觉得自己活得太累太委屈。你烦乱，是说你奋斗挣扎了二十多年，双鬓已经有了明显的白发，却也没有把自己变成富翁，还要为几瓶酒钱算计；你委屈，是说你奋斗挣扎了二十多年，都由一个乡下人变成城里人了，餐桌上都有了蔬菜沙拉这简单的西餐了，最终还要为这繁琐的乡俗礼节费心劳神。

侄子永远不会知道我们的感受，他一上了车就打开音响，播放新版邓丽君的歌曲，《欢欢喜喜过大年》。侄子当然是欢喜的，他一年到头起早贪黑从来捞不着休息，只有过年才可以喝酒打牌睡人觉。实际上，只要坐上侄子的专车，我也一点点有了欢喜的心情，这似乎和歌曲无关，而和车的速度有关。只要接了我们，侄子对这个城市就了无牵挂，出了小区直奔立交桥，密密麻麻的楼房在桥下倾斜时，你觉得有什么东西被你抛弃了，你觉得你对这个城市也了无牵挂了。

这条路一年之中总要走上几回，平均两个月不到，就要回家看一回母亲，可平时走和现在走，感觉是不一样的。平时走，大多是我一个人。丈夫在广告公司工作，很少节假日，儿子刚从初中进入高中，节假日都在外面上课，我借采访的机会独自坐上大客车，跟许多不相识的人行在路上，心是散漫的，要么把注意力放到某个有趣的旅客身上，要么就静静地看着窗外，看车如何一程程告别城市驶入开阔的原野。但不管怎样，你都不用说话。现在不行，一个小小的车体把四个人装到一起，四个人的世界于是就有了一个场，一个不说话就显得不对了的场。儿子建建自然不会说话，他只要离开课本，耳朵立即就塞进 MP3，进入一个虚妄的和公式方程完全无关的世界。大庆自来话少，跟我这边的亲人，尤其如此。他好像从没加入过我这个家族，当我以我们家族待人接物严格的礼教要求他的时候，他愈发放纵自己在我们家族面前的无礼无教，比如上了车，绝不跟侄子有半句客套。好在侄子早已习惯，可以完全忽视他的存在。他往往会说"姑最近又跑哪儿啦？"，而不是"姑夫最近忙什么啦？"。

一路不停地和侄子说话，就像拜年酒必须每家六瓶一样已经成了铁定的规矩。我们一同在大家庭里生活了近二十年，小时候为了逃避地里的活路，一个站岗放哨一个和蛐蛐斗架有过多年默契的配合，虽然各自已经结婚多年，虽然一年三百六十五天很少见面，但只要见面，一个眼神，就可把你带到亲切又熟悉的往事之中。于是每年从城里往老家行进的道路，都是通向我和侄子童年的欢畅之旅，我们把一个个藏在草垛空里、庄稼地里、河套边上的故事翻找出来，之后长时间笑个不停。偶尔的，在某个地方，也会翻出忧伤，比如有一个黄昏，我和侄子、奶奶（侄子的老奶奶）去村里看电影，侄子走着走着突然不见了，我正慌张寻找，八十多岁的奶奶扑通一声跪到井沿，没一会儿，一只鸭爪一样的小手拽在奶奶手中。当我以为奶奶拽了一只鸭子时，侄子已被水淋淋拖上井台。谁也想不到，从深井里出来的侄子刚吐出一口水，就大张着嘴哭咧咧说："俺还能不能看电影呵？"侄子的又一次生命是奶奶给的，这井里的故事于是就有了忧伤的意味，奶奶一九八五年去世时九十六岁，侄媳当时怀孕五个月，只差一点就看到第五代了。忧伤一点也没有什么不好，这会使我们循着奶奶这个根须，翻到更多枝蔓上的故事，二大爷家的，四叔家的，二哥家的，三哥家的。其实一些年来，我们路上谈论最多的，还是身边这些亲人的现状。比如四叔家的征安移民加拿大，二哥家的远程正在闹离婚。我们因为辈分不同，动不动就叫错了称呼，有时我叫二大爷他也跟着叫二大爷，有时他叫三叔我也跟着叫三叔，仿佛我们是两个顽皮的一遇了好事就你追我抢的孩子，但恰因为如此，心会贴得更近，会更加珍惜眼前的一切——姑侄同车回家过年的旅程。

有一种感觉，没有跟任何人说过。我一年一年和丈夫、儿子生活在一起，就在昨天、前天，还和丈夫为办年货同进同出，还臭是一窝烂是一块地为民工一样的忙碌烦乱委屈，可是只要上了侄子的专车，只要和侄子在申家的枝蔓上有了一次古往今来欢畅的翻找，我的感情立即向侄子倾斜。说倾斜，是说某个瞬间，我会不知不觉把自己从丈夫和儿子那里分离出来，会觉得我压根不是程家人，而是申家人。我会突然惊讶地发现，原来我已经嫁给了程家，我一个申家人，为什么要嫁给程家？

可以说，每年，都会有这样一种东西在我

心里慢慢浮出，就像年使亲情的网络慢慢从水下浮出一样。它浮出来，却并不像网绳那样越绷越紧越抽越直，而是在经历了瞬间的警觉之后，某根绳索突然绷断，拽我的，或者我拽的，只剩下一根，申家的这一根。那一时刻，我觉得我和身后的丈夫、儿子没有任何关系，他们好像只是搭车者，互不相识的路人，因为在我们翻找攀爬的故事里，看不到他们任何踪影。可奇怪的是，我和丈夫、儿子成了路人，却一点都不伤感，不但不伤感，反而有一种挣脱了某种枷锁的轻松，仿佛又回到无忧无虑的少年时代。

　　冬日的阳光在高速路两旁静静地铺洒，一栋拱桥下面，两道隆起的河岸上，枯干的蒿草摇曳着瘦弱的身姿，它们和身边河床冰层里几块突起的沙丘遥遥相望时，为我平添了几许梦幻般的感觉。曾几何时，河床是我们冬天里最好的去处，我们掠夺蒿草，将它们拦腰斩断，之后编织厚厚的冰车在冰层上滑翔，在那样的时候，我们的目标在很远的海里，侄子往往会说，咱一直滑到海。

幻觉自然没有多久就消失了，那时我们下了大连至庄河的高速路，上了庄河至歇马镇的乡级公路，再有二十几分钟就要到家了，侄子说："姑，中午上哪儿？是一起上俺妈那儿，还是直接给你们送到姑夫家？"我突然惊醒，是呵，在这里，我有两个家，娘家和婆家，我该去哪一家？

我惊醒，好长时间做不出回答。依我的心愿，自然是回到母亲身边，我有一个多月没有看到母亲了。可是这时，一路上一直没有说话的大庆突然说话："把这边的东西卸下来，先把我们送回家。"

大庆说的这边，是指我的娘家，而他说的我们，包括了我，他希望把属于娘家的东西卸下后，我跟他一同回到婆家。大庆的语气是霸道的，不容置疑的，了解我心情的侄子在后视镜里看了看我，没有说话。

只要你结了婚，你就是婆家人，你和丈夫孩子就牢牢地捆在了一起，这是不可抗拒的现实。也正是了解这一现实，侄子才要这么问一句。被这样的现实压迫，车转了弯，下了路，一点点驶进大哥的修配厂时，我的心像塞了麻团，一种每年都要温习的郁闷使我大喘一口粗气。

大哥早已等在厂子门口了，夜里感觉的整个家族热盼盼的等待其实是不存在的，大哥的厂子已经放假，给大哥打工的三哥、两个侄女侄子已经回到自己的小家，二哥的厂子，却在街后的另一条胡同。见到车，大哥笑吟吟迎出来，胡子楂楂的脸上布满了等待的倦意。因为后备箱里的东西需要凭记忆分配，我没有时间跟大哥多说什么。和大庆一起陷入一件件识别区分的忙碌时，大哥和侄子站在车旁，故意大声说些车胎和路况的事，以遮蔽我和大庆因为识别错误而有可能造成的争执。还好，大庆已经霸道地表达了态度，在小节上开始让步，比如在我把给公公的酒记错了拿下来时，他会小声说："不对，这是给爸的。"

对于大哥，这是一个必不可少的仪式，他几乎年年如此，在厂子工人都放假之后，一个人空荡荡地等在这里，等着这父亲般的意愿得以实现的一刻。可是大哥和侄子一样，从不因为亲情的需要强留我们，当听侄子说他的姑夫着急回自己的家，二话没说，立即逼我们上车，只是在抹车时他大声跟了句："后天早上早一点回来。"

二

　　婆家就在歇马镇东边，一块坡地上最新建起的一幢小楼的六楼。和城市不断向郊区延伸扩张一样，小镇也一日日把曾经耕种的野地揽入怀中，公婆之所以情愿变成小镇的囊中之物，并不是开发商占用土地之后的回迁，而是从供销社系统退休回家的公公和邻居经常打架的结果。邻居的马钻进了公公门口的菜地，公公就用铁铣让马的后背见红，邻居大白天进了公公的家掀了一家正吃饭的桌子，公公就把电话打给远在城里的儿子，声言绝不在农村住了，抻断腰筋也要进镇，也要上楼。被开发商占了地盘的老辈人，动迁时还要哭叫着不愿意，公公住在小镇八竿子打不到的乡下，却哭叫着要求上楼。抻断腰筋的自然不是公公，而是在城里当了记者的大庆，他跟与公公住在一起的弟弟弟媳商量，卖掉海边的瓦房，不足的钱由他补贴。但事实是，你告别烦恼是有代价的，从此没了房前屋后的菜地种，一日三餐一张嘴就得掏腰包，日子一下子就不是日子，而是一个深不可测的无底洞。用公公一点退休金打发无底洞，过日子的从容从此便不再有了。有一回婆婆在电话里说，上冬以来，才买了一百斤大白菜，大庆一听急了，连夜回家送钱。在这样一个特殊的"年"里回家，我们的专车真是要多重要有多重要了，因为它是一家人打发新年的全部指望，大到五十四响的礼炮，小到一盒火柴，大庆全都备足了，把电话打过去，告诉就要到了，除了婆婆，公公、弟弟二庆、弟媳回菊，他们的女儿小栓，全都等在楼下。

　　一下了车我就被小栓紧紧拥住了，"大娘，怎么才回来，想死俺了。"看着小栓干巴巴的小脸儿，郁闷之气不由地就贼似的溜走了。都当了人家大娘了，还有脸郁闷！于是拽住小栓的小手，虚情假意地说："大娘也想你呵。"

大庆的决定其实是对的，与其让一家人眼巴巴地盼着，不如早一些让他们如愿以偿。公公往楼上搬东西时，不时地东张西望，似乎特别希望被人看见。他并不是一个虚荣的老人，都因为和邻居打仗，得罪人太多，心里就多了些邻居的眼神儿。大嫂说，她上市场买菜经常见到我的公公，他穿得干干净净，背着手，挺着胸，什么不买也要在集市上转悠，给谁看似的。

不管有没有人看见，那些被我们算过无数次，一遍遍写进单子，一件件从超市搬进城市的家里，又一件件从城市运回的东西，终于心安理得上楼了。说心安理得，是说关了门，公公高音大嗓地发布命令："都来家了，吃饭！"

大庆的成就感显而易见，第一个操起筷子，夹一块切好的猪肝，夸张地大嚼起来，似乎最有资格吃饭的是他。其实我知道，他是有意向家里表示自己的底气，公司效益好，分了一万块钱奖金，他腰包里，还有为父母备好的六千块钱压岁钱呢。我没有上桌，因为婆婆还没上桌。自我们进家，婆婆一直在厨房里忙活，孙子过去叫她，她抖着瘦瘦的肩膀直喊："你们先吃俺还早的哪。"其实我知道，婆婆这是故意，她不上桌我们当媳妇的就不能上桌，她并不是不愿意媳妇上桌，而是都上了桌子太挤，她愿意一拨一拨分着吃。可是她的想法从未得到公公理解，公公立即竖眉瞪眼，冲着厨房："你什么毛病，你不上桌儿媳能上桌？都回来了，不就是图个团圆。"

如果说打怵回家过年，那么最打怵的事儿就是吃饭了，因为要团圆，一家人必须挤在一张桌子上，大家膀挨膀地挤着，无数双筷子在桌子上翻飞，你觉得根本不是吃饭，而是受罪。因为你常常不知道筷子该往哪儿伸，要是婆婆动不动端一盘菜让来让去，一不小心撞倒一只酒杯，你恨不能变成那只酒杯里的酒，顺桌缝赶紧溜掉。

婆婆从不敢违背公公，她带着五岁的大姑

姐姐改嫁程家，就像一条走错门的狗，公公从没给过好脸子。一些年来，公公在外，扔她一个人在家拉扯孩子种地过日子，死去的前夫的兄弟过来帮忙，公公的疑心就乌云一样在家庭的上空翻滚。据大庆讲，每年回家过年，他都借酒发疯，搅得家里鸡犬不宁，退休之后更是变本加厉。他跟邻居打架，是不能看见邻居凑在一起，一看见凑在一起就以为人家在议论他，于是故意借牲畜找碴冲人家发火。种了一辈子地的婆婆之所以忍心扔了地，抻断腰筋也要上楼，就因为受不住公公的折磨。

婆婆顺从，这回家的第一个午餐就有了团圆的模样，我挨着弟媳回菊，回菊挨着婆婆，我们三个女人几乎是侧着身。只要都上了桌，团团圆圆围在一起，公公就大功告成，就摆出一副一家之主的姿态，酒杯在唇边咂得直响。这种时候，第一个退席的总是大庆，就像刚才夸张地嚼猪肝一样，他夸张地把筷子伸这伸那，没一会儿就放下筷子，伸腰腆肚站起来，说饱了。我扒几口饭也放下筷子，说根本不饿。其实早就饿了，一早从家走就慌着没吃好。二庆见我们离席，不解地说："唉，还是城里人肚里有油水呵，刚上桌就饱了。"婆婆狠狠剜他一眼，之后把目光移过来，不安地看了看我。

为了不让婆婆不安，为了让一冬连大白菜都不舍得买的家人吃一顿好饭，我说："妈，爸，你们慢吃，我这会儿回去一趟，回去看看母亲和大嫂。"

婆婆立即松口气，挤满皱褶的眉头顿时一亮，"去吧去吧，你老妈不知怎么想你呢，不用着急回来，住楼了家里也没什么活儿。"

下了六楼，来到街上，一股生冷的风扑怀而来，心情一下子轻松多了。我轻松，不仅仅因为终于可以回自己娘家，而是我再也不用去想大庆吃饱没吃饱了，再也不用去听公公响亮的咂唇声了，再也不用和婆婆一起为二庆的不懂事紧张了。大庆吃不饱，心里还是有些不好受；公公餐桌上从不跟儿子交流，这样的氛围我不习惯；而在这个家里，二庆的存在就像一颗定时炸弹的导火索，不定什么时候，就把公公引爆，公公一直以为他就是婆婆对他不忠的产物，他们因此从不搭话，同在一个屋檐下，却谁也不肯正眼看谁。

只要年不过，小镇上总有人在忙碌，三轮车摩托车不时地擦肩而过，从街东到街西，不过二里地，可这二里地的短街可是十里八村的商业中心，店铺一家挨着一家，卖烟酒的，卖服装的，拍婚纱照的，美发的。日子总是需要出口和入口，就像人总是需要吃喝拉撒，正是为了满足十里八村人们吃喝拉撒的需要，脑瓜灵活的人们就迅速成了这需要的主宰者，这主宰者汇聚的地方就迅速成了小镇。婆家不是主宰者，可他攀高枝似的挂在小镇的一头，以实际行动印证着报纸上说的农村集镇化建设的进程，实在是方便了我。要是原先，婆家住在镇南十里以外的苇子埔，即使再想远离婆家的餐桌也是做不到的。

我的娘家其实就在修配厂后院，拐出厂子侧门胡同一转弯就上了楼。午前回来，如果不是大庆着急，上楼跟母亲大嫂报个到也是很方

便的。所谓娘家，就是大哥大嫂家，母亲年老
之后，一直跟他们生活在一起。因为伺候老人，
可以说大哥大嫂就是我们的芯子，就像一支蜡
烛的芯子，他们以对老人长久的热情烛照着申
家这支人的日子。在乡下，只要有两个以上子女，
只要不是儿女不孝让老人单过，似乎每个家族
都有这样的芯子，他们天长地久伺候着老人，
他们因伺候老人而在年、节到来之际，成为所
有儿女们的中心。他们最初成为芯子，要么因
为儿子孝顺又有威风，媳妇再差都能被镇住，
要么就是因为媳妇贤惠，所谓好儿不如好媳妇。
大哥大嫂既属于前者，又属于后者。大哥孝顺，
大嫂贤惠，可是什么事都架不住天长地久，一
日三餐盘来碗去，一年四季洗洗涮涮，再好的
脾气也会受到挑战，再有耐心也会在不知不觉
中被磨损，尤其大嫂伺候了两代老人。八十年
代中期，我们十八口人的大家庭解体，父亲母
亲选择跟大嫂时还带着奶奶。尤其那时我们家
还没有搬到小镇，联产承包后还分到一大家子
人的土地。伺候奶奶活到九十六岁，送走瘫痪

三年的父亲，一边种地，一边伺候包括我在内的一大家子人吃吃喝喝，大嫂这棵芯子磨损的已经不是脾气和耐心，而是身体。她一日日口干舌燥，得了那时的人们闻所未闻的糖尿病，可谓一代人的先锋。当大嫂以孱弱的身体摇曳着她微弱的烛光，过年，已经是大嫂最最恐惧的事情了。午前，之所以没有坚持上楼先跟母亲报个到，就因为那时临近吃饭时光，留我们吃饭大嫂会打怵，不留，又觉得说不过去。

为我开门的是大哥，见我这么快又回来了他有些意外，立即冲里屋喊："贞子回来了。"

大哥这么喊，显然是为了告诉母亲和大嫂。母亲听不见，大嫂却应了一声后，挺着被大红毛衣裹着的浮肿的身体，慢腾腾走了出来。

大嫂糖尿病已经有了并发症，虽然每餐前都要往腿上扎胰岛素，可是视力还是在逐渐减弱，末梢神经麻痹，心血管也在逐渐老化。拖着这样的身体，打扫屋子里的卫生，洗床单被单，打发大哥厂子里工人送来的鸡和猪肉，准备供桌上的供品，每到年根，大嫂都注定要大病一场。

可面对大嫂，我说不出任何安慰的话，因为我
知道，如果不能把年从日子中剜去，如果不能
把母亲永远接走，任何安慰对大嫂都不管用。
曾劝大嫂用个保姆，大嫂大动肝火，"俺这女
人就废了吗？"从此再不敢提。我唯一能做的，
就是每年把母亲接城里住几个月，再就是像现
在这样，走近大嫂，紧紧握住她的手，问她身
体最近怎么样。

　　大嫂没说好，也没说不好，只知趣地推开
我的手，朝南屋指了指，"妈在窗上望你呢。"

　　冲母亲走过去，她根本没有听见。她盘着
腿，端坐窗边，直直地朝外看着。为了母亲的
习惯，大哥在楼里为她盘了炕，把暖气片装在
下面。坐在炕上向外望，可以说是母亲每一天
的功课。在窗的外面，在她视线所到之处，能
看见大哥厂房的院子，能看见大哥的身影、三
哥的身影以及侄子侄女的身影。大哥厂子放假，
望不见他们身影，她望的自然就是我了。拍一
拍母亲的肩膀，她慢慢转过脸来，被盼望熬红
了的眼仁突然蹿出火苗，仿佛在说，"你怎么

才回来？"

母亲目光热烈，却没有语言，因为耳背而长期陷入孤独中的母亲已经不习惯应用语言。可她的眼神常常比语言要复杂一百倍，在那火苗蹿出的瞬间，忧伤、无奈、虚空，种种难以说清的情绪都云雾一样弥漫出来，我的心一下子就疼了。

过日子过的就是女人，大嫂身体出了问题，没人制造热闹的氛围，这年三十的前一天，芯子里的家真的是要多清冷有多清冷了。大嫂的身体出了问题，侄媳们本该提前回来忙活，可是侄子一年到头在修配厂上班，三天两头回家蹭饭，大嫂已厌倦他们提前出现。这正是母亲忧伤和无奈的根本，也是大哥每到年根都通过电话一遍遍向我传递家里隆重等待的原因，是他明知道这个家的热闹不再，才故意渲染它的热闹，就像大嫂自知青春不再，却反而要穿大红衣裳一样。问题是，大哥家确实热闹过，那时还在乡下，大哥还只是工厂里一名技术工人，可那时一到过年，不用说年三十的前一天，提前好多天大嫂家就有客人了，奶奶的儿子闺女从北京沈阳回来，母亲的舅舅从海城回来，不但把申氏家族的人引来，把整个村里的人引来，还要把母亲娘家的人引来。一腊月一正月上桌接着下桌，大嫂扎着围裙，把一个家搅扰得热热闹闹。大哥轴承轴心一样迎来送往，备受夸奖的就是母亲，"你老太太真摊了个好儿媳，真是太有福气了。"于是不管是大哥，还是母亲，脸上都像抹了油，光彩照人。如今可倒好，大哥有一个偌大的厂子，有发达的事业，有足够的钱为年挥霍，却因为没一个健康的女人忙活，清冷就像贴在墙上的宗谱，有名有姓，条清缕晰。

为了驱逐家里的清冷，我回转身来到客厅后，真的就去看墙上的宗谱。申家的宗谱上写有七代人的名字，最远的，是爷爷爷爷的爷爷，最近的，是我的父辈。我们这辈，母亲生了十个孩子死了六个，他们都只活了几个月，我的姐姐倒是活到五岁，却因为她是女的，上不了申家的宗谱，只能在供桌旁边单独设个牌位。

宗谱两侧，有两联盛开的荷花，巨大的叶子展示着苍翠的面貌，而它的上方，贴有一幅长长的横批：祖豆千秋 / 本支百世 / 永言孝思。千秋，百世，孝思，我属于哪一秋哪一世？我对祖宗有没有孝思？我故意问大哥，爷爷的爷爷到底是谁，是申桐还是申芸？大哥终于找到制造热闹的机会似的，立即走过来，夸张着认真："是申桐，就他是国子监太学士，回来时还在咱家前边的岭冈子盖过一座三进三出的房子，那房前廊柱下的石鼓现在还在。"

一些年来，守护着被掩埋在地下一百七十多年的荣誉，大哥活得空洞而充实。说空洞，是说他从没为家务繁重的大嫂做一丁点事，哪怕是盛一碗饭；说充实，是说他因为家族曾经的繁荣，很小就人在小镇胸怀世界了。中国和哪个国家建交，以色列和哪个国家不和，仿佛那才是有过国子监祖宗的后人最该关心的事情。从乡村搬到小镇那年，他领着二哥三哥和侄子，去老家前边的岭冈子，把两个石鼓拉回家，放在院子门口。从那时起，大哥动不动就跟人谈起祖宗的国子监，听不懂的人还以为我们的祖宗蹲过监狱。每当这时，大嫂都嘴一撇，没有好气地说："屁，讲那些虚的有什么用，有本事帮老婆干点活好不好，只顾祖宗不顾老婆，这种人怎么就叫俺摊上了！"

本是为了家里热闹，却想不到触到了大嫂敏感的话题，我脸忽的一热，立即扭转方向，转向大嫂，漫不经心地说："可真的大嫂，我怎么忘了，给你买的衣裳试过吗？"

大嫂坐在沙发上，懒洋洋地斜过一眼，有气无力地说："胳膊腿都硬撅撅的试什么试。"

要不是为了躲避自设的禁区，我是不肯自寻尴尬的。有一首歌曾这么唱道：即使你给我一个明媚的春天，我也不会觉得拥有花朵。这是一个被爱掏空了的人的感叹，大嫂不一定会唱这首歌，但我相信面对我们申家，她一定就是这种感觉，跟她一年三百六十五天的付出相比，即使给一件镶金边的衣裳又能怎样！

本是为了躲避狼窝，最后却掉进了虎口。我笑吟吟地看着大嫂，心里却突突突慌跳不停，因为大嫂极有可能再跟一句，"别像五叔似的，来家头三天甜言蜜语，过几天就不是那样了。"

和我一样，五叔也是从乡下走出去在外的人，五十年代他考入鲁迅美术学院时，在辽南这片土地曾传为佳话，他是在考场用石膏塑像被现场录取的。我们拖着脚步离开了故乡，走出长长的道路，却把母亲等亲人永远撇在了乡下。于是和我一样，奶奶活着的时候，循着这长长的道路，他每年过年都要回家。每一次回家开头几天，都对大嫂百般的好，说尽了感激的话，就差给大嫂跪下了，可是三天不到，当他在二大爷和四叔家转够了，听到一些有关大嫂跟奶奶说话声音和表情不怎么好的话，立即变了样，掌握了证据似的回来跟大嫂讲理，"侄媳妇，你怎么能跟你奶奶扔脸子！"大嫂身在局内，不能辩解过日子哪来那么些好脸子，大嫂又要强，不能去找二大爷和四叔对质，就只有打掉牙往肚子里咽。大嫂的冷漠，也是因为尝够了这样的苦果。

五叔简单好冲动，永远不知道一个在外的

人跟"家"是什么关系，当你把抚养父母的责任推给了别人，你也就不再拥有讲理的资格，尤其伺候你母亲的是跟母亲的血缘毫无挂连的人。但这并不意味着我不理解叔叔，当听说你日夜思念的老母在承受衰老的同时还要承受别人的脸色，心自然就疼了，比如刚才看到母亲趴在窗口的刹那。母亲一天天往外看，看她厂子里的儿孙是真，也因为疾病累身的大嫂没有好脸色。

事实上，在我这个小姑子面前，大嫂还从未说过难听的话，不管多么委屈。我紧张，都因为对大嫂过于在乎，不希望她有丝毫的不快。倒是后来，大哥突然想起我买的衣服和所有年货还在楼下，下楼去拿时，大嫂说话了，大嫂说："贞子，俺实在不爱动，妈的头还没洗，你给洗洗吧。"

终于可以和母亲独处一室了，这是我和母亲最最幸福的一刻。它本来可以早一点到来，比如午前进院的时候，比如刚才进门的时候，可是为了丈夫舒服，为了伺候母亲的嫂子舒服，还是将它推迟了。不过这对母亲，并没有什么不好，关上卫生间的屋门时，她笑吟吟地看着我，小声说："这就对了，你回来主要是看你嫂子，不能先看我。"

听完母亲的话，一股热热的东西止不住就涌上了喉口。母亲永远是这样做人做事，当不能把别人的心情安抚好时，她就无论如何都不会有好的心情。可是，就在把母亲头发弄湿，准备抹洗发精时，母亲突然抬起头，瞪着陷进深处的小眼睛说："你，你怎么没给你嫂子买东西？"母亲小心翼翼，生怕一不留心把买的东西吓跑的样子，我深深地冲她点点头，我的意思是告诉她买了，之后故意大声说："咱们快点洗吧，等会儿出去给你和大嫂试衣服。"

不仅仅是衣服，各种酒、饮料，各种肉肠鱼肠，各种皮冻、干果全部拿上来了，大哥居然让门卫帮他往上搬。大哥的想法我能猜到，是想让大嫂高兴，因为一些熟食品根本不宜往屋子里放。当我从其中的一个包裹里找出给母亲和大嫂买的衣裳，母亲顿时喜上眉梢，仿佛我终于用实际行动为大嫂一年的付出做了补偿。

虽然大嫂早就不觉得这是补偿，但有和没有还是不一样的，这也是为什么大嫂的生活中物质超出一般的丰富，回家过年却还是不能空着手的缘故。你表达的是一份心情。那件肥大的紫色羊绒外套，使大嫂肿胖的脸反而有了一丝华贵之气，对着镜子的大嫂嘴角有了笑意，"还是贞子会买衣裳，要不俺这老样子简直不能看了。"

大嫂对我这方面的信任我是知道的，只不过让大嫂表达出这样的信任需要漫长的过程，你不能一进门就拿出衣服，你得漫不经心，你得让大嫂觉得一件衣服并不算什么，重要的是大嫂的身体；你得在对大嫂的身体有了充分的在乎之后，再自然而然拿出衣裳。我的鼓舞是显而易见的，如果说回家过年有什么是最重要的，那么最重要的一点就是让大嫂高兴，大嫂高兴母亲就高兴。大嫂高兴了这个芯子上的光才有可能明亮。见大嫂脸上有了明亮的表情，母亲立即说："别在家磨

032

蹭了，赶紧回去吧，一年一年在外面，过个年，还不得帮婆婆干点活。"

母亲撵我走，预示着我已经大功告成了，从大嫂家出来，听身后的门被母亲慢慢关上，我有一种说不出的成就感，就像做了一件多么了不起的事情。

三

冬天日短，从娘家出来，西下的太阳已经把小镇罩了一层昏暗的面纱，见天色已晚，我真的有些着急了，大庆最在乎我在公婆面前的表现，他的想法和母亲一样，一年年在外面，过个年，怎么说也得帮婆婆干点活。当然也都是我这种从封建大家庭里出来的女人给婆家人养成的习惯。刚结婚那几年，我可是太卖力了，包着头巾，蹲在灰尘飞扬的灶坑里往锅底添柴，与山沟妇女一无二致。这几年年纪大了，热情锐减，大庆的想法却从不改变。可越是着急就越是有事，在一家小卖店门口，我居然遇到了三哥，他正在往家买啤酒。

三哥看见我高兴得什么似的，"远见什么时候把你们接回来的？"

"中午，十一点多钟吧。"这么告诉三哥，本是再正常不过，他放了假，我没有在修配厂里看见他，可是不知为什么，心里有一种隐隐的歉意，好像没在第一时间告诉三哥是不应该的。

想一想，有这种感觉，都因为跟三哥感情太深了，或者说三哥对我太在乎了。在母亲生的十个孩子中，他是离我最近的一个，但小时候我们并不亲，他十几岁胡作非为时从不带我，要说亲还是我有了儿子之后。他没有儿子，只有一个女孩，每次开货车进城都来看我儿子，儿子惦记舅舅也一点点深化了我们之间的惦记，尤其后来他不开货车，进了大哥的厂子给大哥打工，每天都能看到大哥流水一样进钱，自己却挣有数的月工资，对他每日都在经历的不平衡感更是有了深刻的惦记。

三哥面容憔悴，干生生的脸上没有一点肌

肤应有的光泽，他笑呵呵地看着我，眼睛里有一丝类似母亲看我时才有的热烈，"我挺好的，大哥昨天额外给了我两千块钱。"

由于知道我的惦记，不等我问，三哥就自动说出。兄弟之间有了巨大差别三哥也许能够消化，毕竟能力不同，三哥最崇拜的人就是大哥，他十几岁时，大哥在我们家的家庭会上用过一个词，"话又说回来"，是为了表示更复杂的意思，三哥第二天就学了去，多么简单的事他都要把"话又说回来"。我是说，比任何别人都忠心耿耿为大哥操心，却并没得到比任何别人都多的工资，三哥受到了煎熬，三嫂把他的煎熬告诉我，我唯一能做的事就是劝三哥，让他想明白他现在只是一个工人，而不是大哥的弟弟，不要投入更多的感情，你不投入，也就不想回报。可三哥是人而不是机器，尤其他生性厚道，对大哥有一种愚忠。于是，他做不到不投入，他投入了又得不到应有的回报时，我这个妹妹就特别想掏自己腰包。

从包里拿出五百块钱，三哥坚决不要，连

说我怎么能要你的钱。和大嫂一样，他对厂子的热爱和付出，就是给他一个明媚的春天，他都不会觉得拥有花朵。但只要你献出花朵，三哥眉宇之间，立即就有了春天般的光亮，他的脸甚至闪出一缕热腾腾的红，连连摆手说："快往家走吧，初一早点回来。"

大庆确实生了我的气，他往手机上发了好几个短信，见我不回，就打电话，手机在他身边响起时，才知道我根本没带手机。于是，没有通过手机说出去的话就在暗中扭曲了他的脸，推门进屋，他看我一眼，立即转身，给我一个愤怒的后背。

我脱了外衣，赶紧拥到婆婆和回菊忙活晚餐的厨房里。厨房太小，站不开三个人，婆婆坚决不让我进，说，"可别沾手啦，饭菜就好，一会儿就吃饭。"我只有站在厨房外面的方桌旁，用夸张的声音向婆婆汇报大嫂的身体，母亲的等待，与三哥的相遇。我的汇报无疑达到一箭双雕的效果，既不让婆婆觉得我在跟大庆怄气，又让她知道我回来晚确有原因。其实婆婆的收获还远不止于此，当听我说大嫂家特别冷清时，她啧啧啧直咂舌头，一边叹息一边说："嗨，真是的，光有钱有什么用，过日子还是过的人。"似乎她对家里的热闹非常知足。

不觉间又要吃饭了，本来就打怵吃饭，再加上没有亲自下厨，心理更是多了障碍。从某种意义上说，大庆也是对的，你能在家里抢上下厨的机会，等于为自己能够放松地吃饭开辟一条道路。这样的机会失去，就只有另辟蹊径，比如擦桌子摆椅子拿筷子，比如嘱咐儿子给老祖宗上香。公公家早先从不供宗谱，我结婚时曾暗示过他，他却异常激动，好像想不到我一个读书人会如此愚昧，并发誓说："我程有汪信科学就不信鬼神，邓小平都说科技是第一生产力。"后来，邓小平去世那一年，他突然请回宗谱，并让婆婆到我的母亲那儿学习做供饭，插供花。不知道是老和邻居打架，日子在暗中有了对手，在自己力量不支的时候，终于需要鬼神的帮助，还是对婆婆的怀疑没有随年老而减弱，反而越来越重，希望有什么外力让他从痛苦中解脱，反正他一反常态，烧香磕头十分虔诚。仿佛邓小平去世，鬼神就变成了第一生产力。

可是，我为自己另辟蹊径的举动不但没有帮自己，反而使道路更加堵塞，因为挂了宗谱，还要请"年"，所谓请"年"，就是上坟地把祖宗从地下请回来，而现在，才是年三十的前一天，请"年"的仪式还没有启动，挂在墙上的宗谱只是一个虚设，上香祖宗也不知道。儿子好奇地在供桌前点燃一炷香时，公公突然就从里屋冲出来，"'年'还没请回来谁叫你上香？"弄得我十分尴尬。好在听说是我，公公收回就要发作的情绪，悻悻地回了屋。

努力反而制造了反作用力，接下来的时光，我彻底打消了参与到婆家过年气氛中的积极性，无论是吃饭还是看电视，无论公婆看我还是不看我，我都只淡淡地笑着不说话。我的情绪迅速就被大庆捕捉到，刚才还是紧绷着的脸立即放松开来，处处寻找机会搭我的目光，我不给目光，就偷偷戳我的肩膀，并故意大声说道："贞子，你把衣服拿出来给爸妈试一试呀！"

大庆的表现，使我想起下午我在大嫂面前的表现，为了这过年的气氛，我们谨小慎微，神经兮兮，我们的样子就像"年"是个什么易碎的物体，一不小心就会把它弄坏。思及这一点，我立即做了调整，站起来，朝沙发后边的一堆包裹走去。

衣服翻出来自然是一家人最兴奋的时候，弟媳回菊也拿出了自己为公婆买的衣服。娘家和婆家还是不同，娘家物质丰足，一直活在物质里的大嫂需要的是精神而不是物质，婆家精神丰足，为了满足精神宁可抻断腰筋也要上楼的公婆需要的是物质而不是精神。婆婆把一套套新衣穿到身上，满脸的褶子都开了，公公虽然没在我们面前试，但站在婆婆对面，端量来端量去，说了一句让儿女听了都有些脸红的话："像老年模特。"

当然，娘家和婆家最大的不同还在于，我的母亲已经九十岁，虽是大嫂的婆婆，却已多年不当家了，权力自三个儿子分家那天就移交给了大嫂；大庆的母亲才七十岁，虽是我和回菊的婆婆，可这个家因为没有分，也因为婆婆身手灵活，过日子的权力依然在婆婆那里。这意味着，同为一家的芯子，在娘家，燃烧的是大嫂，在婆家，燃烧的是婆婆。虽然暗里，婆婆常受公公的气，可明里，婆婆高兴了，或者说婆婆漂亮了，公公还是高兴，公公高兴了，一直因为漂亮而受压抑的婆婆更加高兴，婆婆瘦削的脸颊布满少有的红晕时，整个屋子都有了温暖的色调。

　　有高兴做底，有回家这一天身心的劳累做底，我睡了一个少有的好觉。我、大庆、建建，我们一家三口占据了弟媳一家三口的屋子，换了地方，本是很难睡好的。有一个好觉做底，大年三十的第一缕阳光照进窗棂的瞬间，我还是有了和儿子一样的美妙心情。儿子为了除夕熬夜，夜里早早就上了床，当警觉我也醒了，他带着因深睡而干涩的嗓音说："妈妈，今儿个就过年了，我太兴奋了。"

　　所有的一切都为了这一刻，所有的忙碌、

准备都为了这一刻，我不知道我和大庆有没有盼过，公婆一定是盼过，因为只有这时儿女才会团聚；回菊二庆一定是盼过，因为只有团聚，公公才不至于因为不喜欢二庆而愁眉苦脸；我的儿子建建和弟媳的女儿小栓更是盼过，因为只有这时，他们才可以不纠缠在枯燥的书本里。说句心里话，看身边人高兴，你的心也不由得就被感染，觉得有一个巨大而隆重的好事正款款地向你走来。

那巨大而隆重的好事，不过是放鞭炮，穿新衣，吃年饭，包饺子，请"年"，看春晚。那巨大而隆重的好事，来到时既不巨大又不隆重，一早二庆把一只二踢脚从窗口扔出去，爆响时声音在空旷的外面孤单地下滑，让你反而有一种空荡感。建建和小栓穿了新衣，下楼跑了一趟，回来时异口同声道："真没意思，外面一个人也没有。"忙活了一上午年饭，倒是抢进了厨房，可临吃时，膀挨膀地挤在一起，重复了以往的局面，不等吃，脑门就出了汗。午饭后安静下来，某些人酒足饭饱，比如公公、大庆、二庆，回屋里小睡，某些人酒不足饭也不饱，比如婆婆、我、回菊，但要忙着烧水洗头洗脚，这也是老家的一个规矩，女人们只有午饭后才能洗头洗脚。把一上午的油烟气洗去，顶着一头洗发香波的清香准备晚上的饺子，以为好事还在后边，可是，煮了饺子，公公，大庆、二庆，建建，这个家里的男人到十字路口望着坟地方向把"年"请回家，点了供桌上的蜡烛和香，给老祖宗磕了头，这些仪式一样样做下来，一切就像小时候过家家，再平常不过。倒是三代男人冲墙上的宗谱跪下时，心里某个部位慌跳了一下，但恰因为慌跳，让你觉得某些隆重的时刻已经过去，它们已经随供桌上飘散的香气，弥漫在屋子的每个空间。这时，身边手机短信的铃声响了，是那些心急的朋友来自远方的祝福。看上去，所有的祝福都是冲着就要开始的新的时光，可你稍稍留心，就会觉察到那躲在祝福后边的哀婉，因为这样的短信一个跟着一个：光阴已逝辞旧岁／万象更新过大年。

　　所谓隆重而巨大的好事，其实只在等待和

盼望里，或者说，在你等待和盼望时，好事就已经发生了。好事充斥在每一寸正在流动的时光里，时光流动正是好事流动。它随着晚会一个又一个节目流逝，随手机里一个又一个短信升空，挽不住留不下，到除夕的钟声进入倒计时，发子饺子下了锅，公婆从屋子里出来，大庆掏出给父母的六千块钱压岁钱，掏出给建建和小栓每人的二百压岁钱，这似乎是这个年中能够留住的唯一的好事了。

然而，就在这一刻，就在我们给公婆问了好，大庆把六千块钱交到公公手上这一刻，意想不到的事情发生了。公公站在大厅中央，握着手里的钱，指着还在大口小口吃饺子的二庆，厉声叫道："老二你给我听着，你要是再不往家交伙食费你就给我滚蛋，你一天天在家晃悠，叫你做买卖不行，叫你进冷库扒虾头还不行，你混吃喝混到老子头上，没门儿。"

二庆绝不吃硬，把筷子往桌子上重重一放，大声道："你以为俺爱待在笼子一样的楼里呵，俺才不稀罕！"

　　见引爆父亲的是自己而不是二庆,大庆赶紧上前推他的爸爸,边推边说:"大过年的你这是干什么?!"

　　我则拽着二庆,一直把他拽到他们的小屋,在他想大声说什么却被我用手堵住时,他呜呜地哭了起来,肩一抽一抽的样子要多委屈有多委屈。

　　要说委屈他也真是委屈,从出生就没被父亲喜欢过,都三十多岁了,孩子都念初中了,上了桌子还不敢大胆伸筷吃饭。跟老人在一起,本来就亏嘴,再加上被怀疑不是程家人,再加上自己挣不回钱,几乎就是一个可怜虫。每次回来,因为了解这一点,要是有机会在厨房切熟肉,都偷偷拿一大块塞到他的嘴里。可是,难道公公就不委屈吗,他一辈子在外工作,从没过过繁琐的家庭生活,老了老了,回到繁琐中,本来就不适应,却又要时时面对自己的失败,虽然那失败是"误以为",但只要以为,失败就存在。怀揣失败感,回到浸透了婆婆脚印的院子,本来就容易触景生情，被疑为失败的证据的二庆再一事无成，一天天在家里晃，就等于每天都在扒拉自己伤疤给自己看了。

二庆在这边哭，婆婆早在那边泪水涟涟了，要说委屈，谁也没有婆婆委屈，她曾跟我讲过，她从来就没对公公不忠，那前夫的兄弟确实在一个雨夜来过她的家，他对她好，是为了死去的哥哥，他来她家，是帮她盖粮仓子。谁知第二天公公就回来了，公公看到院子里的脚印质问她，她原告实述，可倒好，从此，她的小辫子就被公公抓在手里。

"爸，我跟你说，你再要是这么不讲理，我们就不回来了。"为了捍卫母亲，大庆终于愤怒起来，动了他的杀手锏。要说公公还有什么怕头，他最怕的就是大儿子大儿媳不再回来。至此，这个年，真的是要多隆重有多隆重了，隆重得都有些庄严了，因为屋子里顿时寂静无声，所有的人都愣愣地站在那里。

四

睡了少少一点觉，天就亮了，第一缕阳光照进窗棂，心情自然很不美妙。我不美妙，并不是担心公公继续找碴，有了大庆的愤怒，我相信他会做些相应的调整，可即使他不找碴，这个家里的空气一定是不会好了。对这个家而言，初一这天的空气好不好可是太重要了，这一天苇子埔的同族人要来拜年，大庆和二庆，还要到苇子埔拜年。如果说公公，包括婆婆，还有一点虚荣，希望向村人展示自己日子的美好，那么一年当中，这一天便是最佳时机了。不赶上过年，谁来爬你的六楼？不赶上过年，公司职员儿子和记者媳妇怎么能在家里闲着？或许正因为这一点，一早起来，公公向一家人发出了和平的信号，他在供桌前点燃一炷香，冲身后的建建喊："孙子，来，帮爷爷把这香插到香炉里。"

公公不愧当过公家人，知火候识大局，

知道什么对自己最重要，可是建建呼应他，二庆并不呼应，一早大庆逼他一起回村拜年，他脑袋甩得像个货郎鼓，坚决不去。要不是他崇拜的哥哥冲他把眉头竖起来，很难说他会不会动身。

回村子拜年，大庆也不愿意，一程程从农村出来，和我一样，我们经历了太多的挣脱和建立，我们是在不断地挣脱跟乡村的关系之后，才一点点建立了跟城市的关系，也正是因为这一点，几年来，除夕夜我们不停地捏着手机键子发短信，公婆的脸上都显出得意，似乎他们看到，有一个巨大的关系网络正包围着他们的儿子和儿媳。其实大庆挣脱乡村是被动的，是跟着我，想法也非常单纯，只为了改善小家和大家的生活，从没想为祖上争什么光。关键是你工作这么多年，还没有一辆车，还要骑着一辆破自行车拜年，你有什么光？！可是，就像每年我们都下决心留在城里过年，再也不回老家经受烦心的忙碌，最终不但回来了，还要大包小裹民工似的回来一样，每年，大庆都下决心再也不回苇子埔拜年了，可到了初一早上，你不由得就上了贼船，不但自己上，还要逼着弟弟上。

说到底，还是一个根系在一点点复活，就像一进了腊月亲情的网络在我们意识里的复活，它们不在前方，而在后方，在你还在城里时，它们还被深深埋藏着，它们不是亲情，却在一端上连接着亲情，是亲情往纵深处幽暗处延伸的部分，只有当你回到火热的亲情里，回到亘古不变的拜年风俗里，它们才会一点点显现，你才会不知不觉就成了一个活跃在根系上的细胞，游走在根系上的分子，就像一尾钻进池塘的鱼。

大庆和二庆往苇子埔游走时，苇子埔族上的人已经敲开了家门。我从来认不准他们都是程姓人家的谁和谁，哪一个是大爷家的儿子哪一个是叔叔家的儿子，因为一年只见一面，又是在最短的时间里以最大的面积接触。也是怪了，只要有拜年的人来，公婆立即退居边缘位置，把我让到中心，比如客人坐在沙发上，他们非让我坐客人对面，每当这时，我都如坐针毡，因为我实在不知该跟他们说什么，我虽嫁了程家，可我的记忆里没有他们，没有共同的人事可供回忆，而为了寻找话题，他们一遍遍夸我是程家最了不起的儿媳，将来说不定有什么事，还得找我帮忙，我会因为一种说不清的恐惧而思想溜号，我在想，我跟你们有什么关系吗？

有些关系，在你并不自知的时候就已经发生了，虽然它们需要借助想象，如同男人把从女人身体里掉下来的孩子视为自己的需要想象，但想象出来的关系往往是最真实的关系。比如把最后一拨拜年的客人——公公叔叔的儿子送走，婆婆跟我讲起，她跟公公结婚时，她的叔公公歧视她是二婚女人，见面从不跟她说话，那时她就发狠，将来一定生个好儿子给他看看，现在怎么样，终于争了这口气，不但儿子有出息，儿媳也有出息。这时，你知道，你跟这八竿子打不到的婆婆叔公公之间的关系，早在婆婆结婚时就已经发生了。

有高高的楼房和平地上矮矮的草房比着，有城里的儿子儿媳和泥地里土坷垃的庄稼人比着，有婆婆记忆中的誓言和现实的结果比着，大庆和二庆拜年回来时，公公坐在沙发中央，居然心平气和地问两个儿子："没上邻居家去拜拜吗？"那语气之泰然，那泰然语气后边透露出的胸怀之开阔，仿佛拜年是他的药，短暂的上午已经让他吸收了无限的药量，把那血淋淋的伤口治愈。哥俩愣愣地伫立在那儿，偷偷对视之后，大庆把目光移向我，我不知该如何表达我这复杂的感受，只有借机赶紧说："看什么看，吃了饭，咱们得去给建建姥姥拜年，你回来都没去上一趟。"

新的建议阻挡了公公的问题，他不但没生气，反而提供了一个让他更加开阔的机会似的，"就是嘛，快弄饭吃，去拜拜你岳母和舅哥儿。"

拜了婆家，接着就是娘家。大年初一就回娘家，也是对老祖宗留下规矩的一个突破。在那个规矩里，嫁出去的闺女，就是泼出去的水，你泼出去了，就不得看见娘家的祖宗，就得把祖宗送走才能回家。而把请回家来的祖宗送走，得初三晚上，所谓送"年"，闺女女婿回娘家拜年只能等到初四。可是我们初四就要回城了，为了解决这一问题，十几年前，大嫂就代我们对着宗谱做了祷告，说：“老祖宗你别挑理，贞子和贞子女婿是在外的人，给公家做事，必得提前回来，他们是老程家人，给老程家争光，可贞子是咱家人。你可千万不能挑理。”

听说上姥姥家，建建兴奋得一高跳起来。他兴奋，并不是想姥姥，三十的下午，他下楼学骑自行车已经去过姥姥家和三舅家了，主要是他终于盼来一次学会骑自行车以来最实际最有意义的旅行。乡村在他心里的长度，只有从奶奶家到姥姥家那么长，能在这个长度上获得驾驭的快感，大概是年对他最有意义的馈赠了。也就是说，在他的年里边，除了二百块钱压岁钱，自行车可能是和他最有关系的事物。因为在姥姥家楼下等到我们，他瘪着嘴说：“要是没有这车子，可就憋死我了。”

和前一天不一样，大哥家有些热闹的意思了，侄子侄媳和他们的孩子都回来了，母亲的娘家亲戚也来了一大帮。因为有客人，午餐还没结束，一张桌子杯盘狼藉，两个侄媳正在往餐厅撤席，另一张桌上，大哥正在和表哥们举杯喝酒，母亲则坐在大厅的沙发上。我们进来，远见第一个问好，"姑姑姑夫好！"其声音之大之洪亮，好像接了我们，他就是家人中和我们最亲近的人。拜了母亲，便去拜大嫂。大嫂躺在北屋床上，一脸痛苦的表情，有气无力地说："好，好，都好，你们都好。"接受了侄子侄媳妇们的对拜，给了侄孙们压岁钱，我和大庆就来到桌子旁一一拜客人。大表哥二表哥三表哥四表哥，还有两个表姐夫。不知是酒喝多了，还是大嫂家暖气太热，他们统统开着怀，黝黑的脸上冒着湿漉漉的热气。这是一场持续了近四十年的酒宴，参加者永远是母亲娘家亲戚。自我记事，每年正月初一，他们都带着并不厚重的礼来庄重地拜见姑姑。说并不厚重，是说他们无论生活怎么改善，拜年的礼物永远是两瓶罐头两瓶果酒；说庄重，是说不管大嫂在乡下还是在小镇，在平房还是进楼房，他们雷打不动风雨不误，且只要来了，就一定要留下吃饭，全不顾大嫂身体不好，拜年习俗已经改革，大家只拜年不吃饭。他们不但要吃饭，还要把自己喝得脸红脖子粗，还要借着酒劲，大夸他们的姑姑如何有德行，申家这支人如何有本事，他们如何摊了门好亲戚。他们攀高枝的目光就像挂在枝头的果子，亮得真实又坦荡。他们确因摊了门好亲戚而改善了生活，二表哥的儿子和表姐夫的儿子都被大哥收编，以为是亲戚，大哥让他们学钣金学喷漆，可他们学成后立即背叛大哥，另开修理点与大哥竞争。他们一年一年恭维大哥不厌其烦，也许包含了歉疚，可大哥从不计较也从不厌倦，不但不厌倦，还不无得意："是呵，在这小镇上，你大哥可算霸主了。"

　　或许，大哥就是要让他们看到他这高枝儿的气度，可是大嫂厌倦了，母亲厌倦了。坐在沙发上的母亲，脸颊紧紧地抽着，眉头上竖着深深一个川字。

　　母亲的厌倦，当然来自大嫂的厌倦。大嫂虽然不说厌倦，但她病歪歪躺在床上的样子已经胜过所有语言。倒是家有了热闹的气象，母亲再也不像头一天那样逼我和大嫂亲近了，不但如此，还毫不掩饰地盯着我，急切地把我拉到她的身边，就像我是一只终于可以放飞在她身边的蝴蝶，不快点抓住，就有飞走的危险。

母亲问程家的年过得怎么样，杀了几只鸡，年夜饺子搁没搁虾仁。这是她每年都要关心的事，在她的意识里，年的意义永远跟吃连在一起。母亲自然得不到真实的答案，我不能让她在因为娘家侄子的到来而感伤时，再因为我而感伤，要是我实话实说，告诉她程家只杀了一只鸡，几天来没有一顿饭能吃好，她就不是感伤，而是心疼了。我说："挺好的，他爷他奶挺高兴。"

屋子太喧闹，母亲听不见我在说什么。后来，她看了看她的侄子们，缓缓站起来，挪着小脚回了她的屋子。这是没有语言的暗示，我立即跟她进了里屋，并在往里屋迈步时，做好了粉饰婆家一切的准备。

然而，当母亲坐到炕上，小眼睛在深深下陷的眼眶里闪出光亮，我的心一下子就慌了，那里边已经有了亮晶晶的泪水。

"妈，你怎么了？"

母亲朝门的方向看了看，我于是转身去关门。回身时，母亲已深深低下了头，两只枯瘦的手抚在瘦削的脸上。"你大嫂和你大哥早上吵嘴了，俺听不清，好像为了你三哥，你大哥不知给了你三哥多少钱，你嫂子嫌给她妹夫少了。"

提起三哥，我不由得想起昨天路上的情景，一定是大哥给三哥两千块钱大嫂知道了。可是还不等我做出反应，身后的门吱一声打开，大嫂撑着沉重的身子从外面走进来。见大嫂进来，母亲立即把脸冲向窗外，故意说："今年的正月一点都不冷。"

母亲的小把戏一下子就被大嫂揭穿，"什么冷不冷，肯定是告你媳妇的状，贞子你评评理，你说你哥能不能那么做，都在一个厂子，他兄弟奖金两千，俺妹夫就一千。"

我没有马上接话，因为我无法战胜自己内心的感受，大嫂把三哥说成"他兄弟"时，就忘了我也是他妹妹，这语气有些生分。当然关键不在这，据我所知，三哥和大嫂的妹夫工种是不一样的，三哥替大哥接待来往车辆，是二层管理，大嫂的妹夫只是个徒工。我不能说什么，就只有安慰道，"大哥是不该那么做，不过你也别太生气，大过年的。"

"俺不生气，俺和你哥争讲完了也就完了，俺怕妈跟你讲了你生气。俺知道你是开明人，不至于……"大嫂说完，给出一个稍纵即逝的笑，立即又离开屋子，紧紧地关上了门。

虽然和门外的世界隔开，可是，很长一段时间，母亲都没有说话，仿佛只要说话，就是对大嫂的不恭。我拽过母亲的手，抚着她的手背，手指在青色的血管上轻轻摁着，我的意思是说，我了解你的心情，你什么都不用说。可是停了一会儿，母亲还是说话了，"这几年不知怎么了，你大嫂就是觉得屈，厂子都快成她娘家的了，还觉得屈，咱这边，不就你三哥一个吗。"

要说屈，大嫂当然屈，她十八岁嫁到申家，还是刚从山沟里选到海上客轮的服务员，从一个农民变成走南闯北的公家人，她家那一带山里人都说她家祖坟冒了青烟。可是连她自己都想不到，遇到大哥，她竟自动放弃船上工作，回到上有老下有小的申家，做了大儿媳妇。大哥对大嫂的吸引力，也许是他过硬的修车技术，是他乐于将一个家族的责任揽于一身的大男子气派，可是大嫂不知道，你嫁了一个有责任的人，就意味着你和这个人身后的所有责任都绑在了一起。大哥的身后，有大爷和叔叔都无力抚养的奶奶，有二哥和三哥家都不愿意去的父亲母亲，要是你再要强，想做个贤惠儿媳孙媳，重新点燃祖坟上的青烟，那几乎就等于把自己送上祭坛。大嫂的觉醒，是在她得病之后，那之后她动不动就说，"俺要是不嫁你哥何至于！"

　　大嫂要是不嫁大哥会是什么样子，会不会得病，都是未知，但就因为得了病，大嫂开始在乎她在大哥心目中的地位，在乎她娘家人在大哥心目中的地位，仿佛这是补偿自己命运的唯一方式。在大哥买下厂子产权之后，她想方设法把她穷山沟的兄弟姊妹弄出来，大哥最终接受，或许正出于大嫂为申家所做的一切，可当她身后一条根系上的网络在母亲的眼皮底下一点点建立，受到威胁和挑战的自然就是母亲了。要知道，大哥是母亲的儿子，大哥创造的世界理该是母亲的世界，虽然她的娘家亲戚瓦解过大哥的世界，可眼前的现实是，这个世界差不多全被大嫂娘家人占领，她有六个妹子两个兄弟，她还有两个表妹和两个姑舅兄弟，在眼前的现实里，大哥给三哥奖金不是多了，而是少了，因为母亲用的是简单的加法，申家这边，除了大哥的儿女，就三哥一个人，而大嫂娘家那边，一层层加起来十好几个，十好几个和一个比，你怎么能觉得屈呢！

　　我不知道该说什么，就只有陪着母亲黯然神伤。恰在这时，屋外有了轰隆隆搬椅子声音，是酒宴已经结束。开门出去，表哥们正往身上套衣服，他们一个个醉醺醺的，身子都有些摇晃了，他们身子摇晃，神智却清醒，大表哥看见我，立即冲过来，冲到母亲房间，抖动着因喝酒而发板的嘴唇，大声喊着："大姑，你，你老有福呵，你这茬人，数你有福啦，儿女都有本事！"

母亲应和道："俺有福，俺知道俺有福。"

五

送走母亲娘家亲戚，屋子里立即空荡了，看侄子侄媳，立即觉得他们离你近了。这近，不是距离上的近，而是他们嵌在身后的生活浮现了出来，比如看见远见媳妇，会想起她最近开了超市，看见远明七岁的儿子，会想起他学习一直班级第一。他们是大哥这个家的主体，是大哥大嫂这棵芯子向上延伸的部分。表哥们也是延伸，方向却正好相反，表哥们的延伸是向下，向着陈腐、陈旧，就像树梢相对于树根，就像苇子埔相对于公公；侄子们的延伸却是向上，向着明亮，就像树梢向着蓝天，就像窗口向着风景。我是说，人的存在是带着信息的，当表哥们把陈腐、陈旧的信息带走，侄子们的生活浮现出来，屋子里顿时就有了盎然的气象。远见媳妇汇报她超市一天的盈余，所有人都感到惊讶，而远明说他的儿子不但是全班第一，这回考试，全校排名第二，大哥大嫂脸上顿时溢出灿烂。而我，被这灿烂感染，有了回家以来最明媚的心情。

姑侄通着心，这是不可抗拒的感觉，就像爱的不可抗拒。可是时间总会将爱磨损，很难想象，有那么一天，我也会和母亲一样，心再也不会为侄子所动，心的缝隙里，填进另一些不为人知的苦恼。

清除了某种信息，大哥和我似也近了。我询问了侄子的生活之后，大哥又开始询问我的生活，是不是还跑卫生条线，大庆的公司效益怎么样。说起来，这还是大哥隆重接我们回来后第一次正式的叙谈。大哥和侄子不同，明知道大庆融不进申氏家族，说话时却还要照顾他。但有了简单的开场白之后，大哥迅速奔他的主题，"你说大庆，贝·布托这个家族，是不是叫人佩服，儿子十九岁就有了政治志向。"

大庆懵懵懂懂，他在广告公司一天天忙碌，很少有时间看新闻，我赶紧接过话："是呵，他儿子是英国牛津大学的学生。"

大嫂一向反感大哥关心八竿子打不到的事，早上又为三哥的事和大哥吵过，立即挖苦道："没去问问那什么托是不是国子监吗？"

侄子们在一旁哄堂大笑，但大哥旁若无人。在这个家里，我是大哥唯一的知音，只要我在场，只要我们有更多的时间说话，大哥就忘了身边的一切，就走到要多广大有多广大的世界。那广大的世界，是中东，伊拉克、约旦，是东南亚，朝鲜、印尼，是美国、英国、俄罗斯。有时，我们跟着恐怖分子炸弹的声音，有时，就循着各国最高元首访问的路线。那时，你觉得大哥根本不是乡下人，也不相信他一辈子没离开小镇，因为他如数家珍的样子就像他刚刚从外国访问回来。那时，你觉得他和乡村、小镇，和修配厂以及身边这个家，没有任何关系，唯一有关系的，就是我了。因为在他周游世界时，唯我跟在他的身后。为此，我一直觉得，一进了腊月，大哥就一遍遍电话约定回家时间，除了试图弄出一种虚假的热闹，为的就是这一刻。

可是，这一刻那么短暂，没一会儿，大嫂娘家一群兄弟姐妹就汹涌而入了。他们被母亲娘家人阻隔到下午，已经有些急不可待了，一进门就大呼小叫姐姐姐夫好呵！然而，你绝不要以为，周游世界的一刻消失，大哥会遗憾会痛苦，根本没有！当看见他的小舅子连襟簇拥进来，他立即转换角色，从沙发上站起来，一个深受公民拥戴的国家元首似的，一一跟大家握手。

我曾经以为，大哥关心国家的事世界的事，是因为家族使命感所致，比如祖上曾出过国子监太学士孙桐，父辈曾出过鲁美毕业、最后成为《人民画报》美术设计师的五叔，是因为有了重振家族雄风的使命，才使他不满足于自己人生狭小的疆土，才每每要让思想超拔出去，可是现在，当看见大哥闪在脑门上少有的幸福之光，我知道我错了。问题是，我知道我错了，却又不知错在哪里，大哥无数次把自己超拔出去，难道正是想从更宽广的疆土来印证自己的成就，比如当看见贝·布托家族不断有领袖出现，他会想到自己，从而更充分地享受在家族中的领袖地位？我不知道。我只知道，接下来，他说了一句让我非常惊讶的话："你姐夫要是像贝·布托那样有人想暗杀，你们当中有谁能站起来为我保镖？"

虽然不会有谁知道贝·布托，但保镖的意思还是被大家听懂了，于是呼应声此起彼伏。不知是新的拜年者带来的信息阻隔了我和大哥之间的距离，还是别的什么，我和大庆对视了一下，立即做出撤退的打算。

然而，我怎么也没想到，从大哥家出来，大庆居然冲我火了起来，他火了，不是跟我吵，而是一个人噌噌噌蹿到前边，等也不等。我们接下来还要上二哥三哥家，在大哥厂子的门卫那儿，还放着二哥三哥的拜年酒，可是他根本不管，出了楼道就没影了。

当我和儿子拎着酒来到街上，只见他横眉冷对站在路边，脑门上的发丝站立着，脸阴沉

得就像抹满水泥的墙壁，一点缝隙都没有。他
为什么火，我似乎能猜到一些，他进门之后，
没人逼他上酒桌喝酒，他不喜欢喝酒，但他在
乎他在申家的地位，他一直觉得他这个女婿在
申家没有地位。你舅哥不重视身边的妹夫，却
去管什么贝·布托，他当然不高兴。因为知道
他为什么火，我更加火了，我说："你回家去吧，
我不用你跟我拜年。"

建建还当成好话，赶紧响应，"那好，我
和爸爸回家了。"

大庆没动，但当我错过他时，他走上来，
接过我手中的酒，没好气地说："你说我不该
生气吗，大哥借我们的钱都三年了，都要雇保
镖了，提都不提，你给儿媳办超市，我们就不
能给二庆办超市吗？"

我没有接话。仅一个中午，大庆就捕捉了
这么多信息，真可谓说者无心听者留意。三年
前，大哥上设备借我们五万元时是说一年就还，
可是大哥没还对我是有交代的，第一年要买吊
车，第二年又要上"四轮定位"流水线，今年，

大哥告诉说，远见媳妇闲在家里总打麻将，远见看不惯，两口子老打架，就寻思帮她在镇上弄个超市。每次，大哥都让我告诉大庆按银行利息一分不差，我没告诉，没有别的意思，仅仅是忘了，不然，听侄媳谈超市，也不能没感觉。这件事失误在我，我本该道歉，可是事情的走向往往不按惯常的逻辑，现在的逻辑是，大庆发火时眉头扭曲的样子，让我一下子想起昨天冲二庆发火的公公，他们的表情太像了，这让我莫名其妙就有了抵触情绪，就想我跟你们程家有什么关系，凭什么要看你们脸色。情绪是一种奇怪的物体，像龙卷风，刚刚生起在草垛空儿时还只能掀动一片草叶，可一瞬间鼓舞起来，席卷的就不是草叶，而是房屋树木，土粒沙石。比如这么一程想着，自然就想到给公婆买的楼房，我嫁你程家，得不到家里一丝一毫的帮助，却还要给买房子；借给大哥的钱还有利息，给你爹妈投资无本无息。这么想着，就把嫁给大庆之后所有的艰难都想起来了，就觉得委屈得不得了，为给他找工作，求亲访友，因为没有城市户口和专业技术，工作换一家又一家，往往刚刚稳定又得折腾，送礼摸不到家门时在大街上不知走了多少个来回……后来，我都有些眼泪汪汪了。

　　事情小得不能再小，也许不用解释，一个体谅的眼神就解决了，可是，我不但没有体谅，还拉着脸，还眼泪汪汪，大庆就吃不住了，"怎么？你掉眼泪啦？我怎么你啦？"

　　我不吱声，但我气哼哼雄赳赳往前走的样子，绝对就是挨了欺负。大庆这下真的火了，把拜年酒往地上一顿，"我不去了，谁爱去谁去。"

　　说罢，扭头就走，留下我和建建相互看着。

　　谁爱去？我也不爱去，我都四十五六岁的人了，过个年不能坐在母亲炕头闲着，还要大包小裹东奔西忙。可是不去行吗？大哥是哥，二哥三哥就不是哥？大嫂是嫂子，二嫂三嫂就不是嫂子？她们尽管没有伺候母亲，可就因为这一点，她们更在乎我这做小姑子的态度，她们没有伺候母亲，我可以想什么态度就什么态度，可是，我对她们的态度往往要影响她们对哥哥的态度，我不能因为礼节不到，让哥哥受了委屈。

和建建拎着十二瓶酒往前走着，眼睛湿了又湿，因为走在这条街上，不由得就想到自己最初的恋爱。当初，和大庆恋爱时，这条街曾寄托了我们无限的情思。他的单位在上街，我的单位在下街，我们因为一个莫名的眼神，掀动了青春的草叶，就像一丝风掀动草垛空的草叶，从此就被卷进一场爱情风暴中。我们在这条街上眉目传情，当朦胧的思念随着当时对青年最具影响的《马克思传》传递，我们彼此就毫无道理地嵌入了对方的生命。说毫无道理，是说我们把发生在自己身上的爱情看成是马克思和燕妮的爱情，伟大而崇高，忠贞地相守一生。如今，我们也像他们那样守着，不知怎么就守出了一堆鸡毛蒜皮，全没了想象中的伟大和崇高。我们像一个挖自己墙脚的小丑，心甘情愿把自己卷进一场青春的风暴里，到最终，又脆弱到仅一根草叶的掀动，就会席卷掉我们的一生。往二嫂家走去时，我不断地问建建："妈妈为什么要嫁你爸爸？"

二哥家在镇子后边一个胡同里，在大哥买了企业产权时，二哥所在的小镇机械厂也在拍卖，那时二哥只是车间主任，没有买断的想法，也没有办厂的雄心，当机械厂被厂长买去，二哥由一个公家人变成一个私有企业的打工者，突然受不了，就在毫无能力和准备的情况下，借钱买了几台机床，租了几间老纸箱厂的旧房，小打小闹干了起来。把家也从乡下搬到厂子里。

为了不让二哥二嫂看出什么，在胡同口，我停下来，从衣兜里掏出纸巾揉了揉眼睛，然而就在这时，我听见有人喊我，"姑。"

一定神，发现二哥的三儿子从胡同口跑出来，他没穿外衣，毛衣的袖口还高高挽在胳膊上，一看就知道是突然发现我们才迎出来的。把一提酒瓶交给侄子，一股暖融融的感觉还是让我心情有了调整，可是正要往屋里走，却被侄子截住，侄子站在我的对面，背对胡同，神经兮兮说："姑，不稀进吧，俺哥跑了没回来，俺爸俺妈正哄俺嫂子打扑克，你要进了，不提俺哥不好，提了，全家都难受。"

我愣住了，似乎明白了一些原由。元旦刚过，二哥就打来电话，说在县里做买卖的大侄子，因为侄媳有外遇气跑了，跟一个朋友去了上海。我给侄子打电话，他一直关机，想不到他年都没回来过。

我只有悻悻地转身。

"妈妈，二舅家的三哥说他哥跑了，他哥是谁，我该叫什么？"

我向来不指望建建能搞明白他和我身后这一大家子人的关系，可他三哥的哥哥他该叫什么分辨不出，却让我惊讶，于是没好气地说："我也不知道。"

从胡同口离开，我心情更加地坏了，我心情坏了，不是心疼二哥二嫂，而是心疼侄子。大过年的，他一个人上哪儿去呢。在跟他联系不上时，曾跟身边的朋友说起，朋友没好气地批评我："你这人真怪，侄子的事你也管。"朋友觉得怪，我才知道，在很多人那里，姑侄并没有我们这么深的感情。我比这个侄子大六岁，从六岁到九岁，我哄了他三年，直到大嫂的第三个孩子出生。我细弱的胳膊因为没力气，常常背着背着手就撸了扣，就把他掉到地上，因此他跌哭时的样子就成了永远抹不去的影像。我下意识掏出手机，拨出侄子号码，我知道没有希望，因为这个号码拨过无数次了，从没开通过。然而，几乎刚刚拨完号，侄子熟悉的声音就传了出来，"姑姑过年好呵！一直想跟你打电话都不敢打，我挺好的。"

很显然，他因想家终于开了机。"你在哪里？为什么不回来？"

"姑，我在西部，西部大开发，我跟朋友过来干，这里机会太多了，出来一个月，顶在家里一辈子。"

我说不出话来，嗓眼有些哽咽。侄子的声音特别高亢，让你感到他火热的人生正在开始，可我激动的不是这个，而是从他嘴里吐出的"西部"，你无法想象，那媒体上耳熟能详的西部大开发会跟你的亲人发生联系，当你感觉他们在联系，就像你的血管通了国家血管，一瞬间有一种超拔感，尤其当你站在故乡的街头，踩着一地鸡毛蒜皮。

也正是因此，去三哥家，看到三哥三嫂寂寞地守着电视，听三嫂唠叨对大哥的不满，"原来说挣了钱怎么都不能忘了自家兄弟，现在只给两千块钱，却花一万给自个儿媳办超市。"我一直走神，恨不能赶紧远离这繁琐的一切，也像侄子那样飞到西部。

六

人在现实里边，总要生出远离现实的梦想，它也可以是西部，也可以是南部，是东部，是北部，总之它在远方，就像此时此刻，我所在的小镇也成了侄子的远方和梦想一样。通完电话后，他发来好几个短信，说他非常想家，一想到家人团聚的热闹就恨不能马上飞回。每个人，都无法感知他人的此刻，比如，思乡的侄子就无法感知我的此刻。我的此刻，人虽在家，却有一种无家可归的感觉，我的此刻，不但不热闹，且十分的孤寂，婆家那边，大庆正在跟我赌气，娘家这边，大嫂家，涌满了她的姊妹，二嫂家，纸包火一样包裹一堆烦恼不让进，三嫂家倒是让进，你却不愿意被说不清的烦恼包裹。

转到天黑，回到婆家，大庆早已经消了气，从不在公婆面前表示出对我好的他，居然为我倒了一杯热水，并说："明天上歇马山庄拜年，我准备跟踪拍摄。"

只有我知道，这句话包含了多深的殷勤，两年前，因为想自己做广告，他买了一台专用摄像机，每年回家，都说要跟踪我回老家歇马山庄拜年，可是每每临了，都以在家陪父母为由，不去践行。事情就是这样，你如果不能在风掀草叶时控制事态，那么你就只有事后屈尊殷勤。这个下午，大庆一定为自己转身离去的行为很是后悔了，他后悔，不是觉得他错了，而是他认为即使没错，也不该跟我咬尖，一旦我因此不回婆家，他父母的年，可就怎么都过不好了。

而我，之所以自知有错，却还要理直气壮，也都因为有这个杀手锏。我没把这个杀手锏派上用场，不是不想用，而是在街上流浪时才发现，那杀手锏并不存在，我要是不回婆家，叫母亲知道我和大庆闹别扭，母亲的年也过不好呵。所以，当大庆向我出示了拍摄计划，感激涕零的不是他而是我了，尤其先回来的建建偷偷告诉我，"爸爸扛机器出去好几趟了，他说要去拍你，可走出去又回来了。"

不经风雨，怎么能见到彩虹。正月初一这天晚上，我的心情里有了彩虹。那彩虹升起来，不过是一个跟踪拍摄的计划，他拍摄不过是玩玩，也上不了电视，可我知道我的家人，尤其是大哥会在乎。为了这计划，大庆提前在家人面前演练，录了婆婆又录回菊，录了建建又录小栓，公公和二庆在一旁助威。他是一个燃点极低的人，因为总难唤起热情，他屡屡把录像机拿回来，又屡屡原封不动拿回去。当一家人都成了镜头里的人物，有了嘎嘎嘎的笑声，夜晚再也不是夜晚，而是布满霞光的白日。

　　在侄媳的金玛超市集合时，冬日的朝霞已经褪去，被淡淡升空的日光取代。超市，不过是比小卖店大一点的商店而已，它是大哥家的新生事物，大哥安排在这里聚集，也许仅仅因为它在小镇商业街的正中，是我们、二哥、三哥和大哥聚集最方便的地方。可大哥不知道，在这个年里，这个新生事物已经伤害了好几个人的感情，比如三哥三嫂，比如大庆。三嫂根本没进超市，只冷冷地站在门口，大庆倒是进了，染着黄头发的侄媳满腔热情迎出来，一迭声地喊姑夫，他不能不进，但他并没像我希望的那样，把机器打开，录点什么。

　　二哥二嫂从胡同拐过来，离超市还有几米远就停下了。他们倒不一定对超市有意见，但跑到西部的儿子破坏了他们的心情。我迎过去，只见二哥一张脸灰涂涂的，而二嫂，眼圈像挂了葡萄，乌紫乌紫。与我对视，泪光顿时盈满眼眶。

　　听说有录像跟着，大哥从面包车上下来，俨然就是一个出访的国家元首了，只不过国家元首出访只带夫人，大哥出访还带了母亲。看见我和二哥二嫂，朝车上指着说："妈九十岁了，难得回去一趟，让她回去看看。"

初二回歇马山庄拜年，是三个哥哥搬到小镇一直都在奉行的礼数，看起来是一种礼数，实际上是向村人展示申家风光。"文革"时，父亲、四叔、二大爷都在村里挨过整，在二哥看来，去拜他们等于忘了杀父之仇，可大哥绝不这么看，大哥认为，就因为当年挨过整，如今过得好了，才要送给他们看看，这是另一种复仇。实际上还是性格的差别，觉得过得好了是自己的事，是讲究实际，觉得过得好了必得送给别人看，是追求虚荣。二哥讲究实际，可多年来，他一直影子一样追随大哥呵护大哥，对大哥的想法从无二话。

最初，只三个哥哥，后来，又加入了我，再后来，又加入了三个嫂子。在大哥看来，要说申家风光，那么我肯定是这风光的一部分。当然，我积极参与不全为了大哥，而是为了自己，出生地的乡村常让我想念。最重要的是，在婆家待着太没意思。这几年，大哥厂子越来越红火，大嫂加入了，见大嫂加入了，二嫂也不甘示弱，二嫂的厂子并不红火，连年亏损，但二嫂是孤儿，一小就没有爹妈，一个没有爹妈的人能出息成厂长夫人，自然要送给那些有爹妈的人看看。见二嫂加入，二嫂也加入了，三嫂没有厂子，也不是孤儿，但三嫂是城里下乡知青，十几年前还没搬出来时，三哥开大货拉她一趟趟进城，进进出出穿些时髦衣服，曾是村里人最羡慕的人物。如今日子没落了，可越是没落了越不能让人看低，关键是，日子没落了，身材却反而好，她有比大嫂二嫂苗条一百倍的身材，即使没有时髦衣服让人羡慕还有腰条儿。所以，这看上去是向村人展示申家风光，实际上更是妯娌之间的一种较劲了。

　　每年拜年，都是三哥开车，大哥坐在副驾驶的位置上。可是因为母亲去，必须坐在前边，三哥就自动把车让给大哥开。做任何事情，三哥都不放弃突出大哥的地位，在修配厂，有修车的来，本来一百块钱的活，三哥故意要一百五，把那五十的面子留给大哥，因常常扮演黑脸，许多司机都在说大哥好话时骂三哥狠，这也正是三嫂不平衡的地方，弟弟愚忠，把哥哥的厂子当成自己的，你就该对愚忠的弟弟有所回报。可是往往性格即命运，愚忠是三哥的性格，常了也就不被人在意，比如现在，他把车让给大哥，自己钻到最后一排的最里边，没有任何人就此说什么。

从小镇到歇马山庄，十里路不到。这条并不宽敞的沙土路，小时走过无数次，那时小镇在我心里还是远方，还是梦一样的地方，就像侄子所在的西部。在礼教严格的大家庭里被母亲打了骂了，就顺这条路，一次次把自己放逐到小镇前边的大海。那里有成群的海鸥无边的海水。其实不仅仅是我，申家好几代人都在这条路上无数次地走过，五叔活着时有一年夏天回来，领我走这条路，走着走着就蹲下了，捧着一捧热热的沙子，忧伤地说："你们还认得我吗，你们中的哪一粒被我踩过？"我们一代代人踩过的沙子，也许早就被雨水冲走了，即使不冲走，也有了另外的命运，被辗在橡胶轮胎下面，而不是踩在胶鞋布鞋下面，可恰恰如此，我的忧伤一点也不亚于叔叔。叔叔的时代，踩着沙路回到奶奶炕头，从窗口，还能看到小时候玩过的窗台和庭院，野地和河套，故乡还是一个单纯的物体，故土还是真实的存在。如今，母亲的炕头屡屡搬迁，窗口对着的地方嘈杂又陌生，熟悉的路被甩在身后，心也就像被甩出来的路，除了被现代交通工具辗压，孤寂而飘零。

歇马山庄坐落在一个小山包的下边，是一块洼地之中的村庄，它既无山的依傍，又无林的环抱，前后左右都光秃秃的。恰因为没山没林，一个土冈就成了童年的山，一片河岸的草丛就成了童年的林。长大出来，看见了那么多名山大川，高楼大厦，再回这里，就觉得这是小孩过家家玩的地方。房子矮趴趴地簇拥着，以草垛为界；河谷静静地逶迤着，以孤独为岸；赤裸裸的地垄匍匐在房与河之间，仿佛一根根冻僵的蛇。你人在远方想故乡，觉得它在黄海北岸，如今人在黄海北岸看故乡，你不由得就想，这里跟你有什么关系吗？

有关系，当然有关系，大哥的车刚刚停到屯街，就有人过来打招呼，老由家三爷，老周家二哥，老于家小久子。只要你从车上下来，一个小世界突然就变大了，一个埋藏并不深远的关系迅速就苏醒了。虽都有变化，可一眼就认出来了，他们也一下子就喊出了你的小名。他们都穿得新锃锃，老于家小久子居然穿一件皮夹克，脖子上还围了一条墨绿色围巾，可是与乡亲握手、问好，不怎么就觉得是在一个崭新的屏幕上放映旧世界影像。因为你脑子里闪回的，都是这些人的过去，比如那年侄子掉到井里被奶奶捞出，第一个冲到井沿的就是小久子，他冲到井沿不是帮助奶奶，而是和侄子一起号啕大哭，边哭边喊："还能不能和俺做伴看电影呵？"

脑袋里放映的是旧世界影像，大庆机器里拍摄的却是新世纪镜头。大哥神采飞扬，因为身材太魁梧，需微微含着胸才可走进低矮的屋子，可这似乎更突出了他的高大。大嫂搀着母亲，她身体不好，搀母亲的本该是我或者三嫂，可大庆的摄像头一直跟着母亲，大嫂当仁不让，她伺候的母亲，她最有资格。有母亲、大哥大嫂在前边，我、二哥三哥二嫂三嫂，自然就成了陪同。不过，这一点也没什么不好，一大帮人闹闹哄哄，倒有一种相互借势的快感。

　　我们一家家串着，有的人家，只进去打声招呼，比如那些我们已不大认识的小年轻的家，有的人家，却要停下来说几句话，比如那些有老人的人家，或者像已经卧床不起的李玉胜家。

　　李玉胜是当年打父亲最猖狂的一个，他十年前死于肝硬化，扔下病歪歪的老婆和儿子住在一起。年是年轻人的节日，儿子儿媳不知拜谁去了，脏兮兮的屋子里只有一个被我们叫着二嫂的女人。见我们来，二嫂有些慌乱，明知道爬不起来，却还是要爬，"妈呀就知道你们能来。"

　　她慌乱，也许没想到九十岁的母亲会来，李玉胜打父亲时，母亲曾拿鸡蛋去求过她，结果这成了父亲又一罪状。落入今天这步田地，一定不愿意让任何人看到，可她偎着被的身子战巍巍的，掉进深洞的眼睛顿时湿润，仿佛我们能来搅扰，她太感激，仿佛我们的到来已是她的节日。实际上，都是我们的锲而不舍把复仇的现实变成了历史，把女人的历史变成了现实。女人的历史，是她没嫁一个好男人，她心灵手巧人又漂亮，当初追求者多得推不出门，李玉胜靠他三寸不烂之舌勾走她的心，曾自以为是女人中最幸福的一个，可怎么也想不到他的不烂之舌竟成了咬破她幸福生活的罪魁祸首，除了耍嘴皮子，好吃懒做一无所能，不但如此，还一喝了酒就打老婆。问题是，跟了这么个男人，又生了个和老子一模一样的儿子，好吃懒做一无所能又脾气暴躁，所以她就有了儿子不孝媳妇也不孝的命运。女人的现实，是这一天，她要借夸申家婆婆媳妇如何命好的时机，痛痛快快骂一骂她那不孝的儿子媳妇，彻彻底底抱怨一回自己怎么就瞎了眼，嫁给李玉胜这个老死鬼。女人最终把不幸归结到命运时，都要把目标指向嫁人那一刻。她却不知道，即使在她眼里太有福气的大嫂也这么想过。

自己想和别人想，当然很不一样。自己想，是往深井里掉，别人想，看着别人往深井里掉，你自然就有了往上升的感觉，就像同时进站却开往相反方向的火车，一个动了，坐在没动的那一个车上就以为是自己在动。问题是，这个时候，往上升了的一面，也绝不让对方继续往井里掉，当李玉胜女人用羡慕的目光看着母亲，看着三个嫂子，三个嫂子顿时捅了马蜂窝似的七言八语，大嫂说自己的糖尿病，二嫂说自己厂子的亏损，三嫂说自己花钱的紧缺，反正都是自己的不易。如此一来，拜年就不仅仅是妯娌间的较量，还是彼此的鼓劲、抚慰；就不是一家人向另一家人的示威，而是两家人真切的支持、加油。因为要不是这个场合，三个嫂子是从不交流的；而李玉胜女人，也不会在散发着臭烘烘酸溜溜气味的屋子里，留母亲和嫂子坐一会儿再坐一会儿。

然而，这样的抚慰并没持续多久，在另外一家，却遇到了麻烦。

那还是去拜老队长的时候。当年，二哥三哥被大哥弄到小镇干临时工时，因为出身不好，老队长一直刁难，大哥踏破了门槛看够了脸色才磨出批条。可时光是个奇怪的物体，它在慢慢的迁移中，一点点磨掉了老队长的脸色，只留下他的功德。因为对申家有功，每年拜他他都分外高兴，龇着黄黄的牙齿呵呵地笑着。虽对申家有功，但他绝不白白接受你的拜，当着我们，非讲一通世事的变迁。他大字不识一个，可心里装着那么多外面的信息、故事，所有的信息和故事都跟腐败有关。他的儿子跟一个做塑钢生意的朋友干，那朋友信任他，给管城建的送大礼都不背他，送一回都是十万八万。他表弟的儿子大学毕业，光找工作就拿出去三万。讲也不要紧，他往往讲着讲着就骂起来，一骂就一脸怒气，仿佛腐败的不是别人而是我们。为此，刚走门口，二哥就打了怵，"下年就不拜了吧，老这一套，也没什么意思。"

可二哥再打怵，也想不到，老队长把我们迎进屋，闲扯一会儿，会突然把目光移到二哥这里，慢条斯理说："老二，你这几年弄得不怎么样呵，怎么听说儿媳跟了一个腐败分子，儿子气跑了？"

关于远程的出走，到目前为止，在申家除了二哥一家人，只有我知道。二哥二嫂一直封闭信息。见有新闻，大庆赶紧把机器对准了二哥二嫂，大哥大嫂也把目光转过来。

这还是进村以来，二哥二嫂第一次变成主角。二哥的脖子蹭的一下就紫了，他看看镜头，看看老队长，语无伦次："呵，不是跑了，他上西部了，去搞大开发。"

老队长不依不饶，"还开发，糊弄二鬼子呵，你问怎哥，那可能吗？"

大哥愣了一下，想了一会儿接话道："不大可能，是不是叫人骗了，我天天看电视，去西部的都是大学生，都是组织安排，还没听说哪个个人。"

大哥当场质疑，是老队长把目标转向他，也是突然听到这个消息的本能反应，因为他后边还跟了句，"怪不得这一腊月一直没看见远程",可是就因为大哥当场质疑,二哥二嫂变了脸。他们变了脸,不是顶撞大哥,而是从老队长家出来,坚决不跟大哥拜了。在屯街上,二哥对着手机大呼小叫:"刘师傅吗,马上过来,我在歇马山庄,过来接我一下。"

我怎么都想不到,影子也有厌倦的时候,问题是,二哥此时的举动,不是当不当影子,而是他想成为一棵树,因为他放下电话,冲着站在一旁的三哥说:"走吧,没什么意思。"

三哥迟疑了一会儿,还是上了车,可三嫂没上,三嫂立即跟二嫂站到一起,"俺也不去了,俺家里有事。"

大哥就是大哥,不愧看多了国家的事世界的事,懂得世界联盟分分合合的局面,他上车后,异常平静地说,"你二哥可能家里真的有事。"

大哥平静,大庆却不平静了,一遍遍侧过脸看我。大庆看我,我莫名其妙,以为他跟够了要打退堂鼓,当他把一直扛在肩上的摄像机放到膝盖,我突然警醒,原来都是摄像机惹的祸。老队长是不该那么说,大哥也不该去证实老队长的正确，可要是没有摄像机跟着，二哥也许不会如此激动。

　　我表面平静，心里却再也不能平静了。因为在我们接下来的拜访中，大嫂的变化可是太明显了，进了别人家门，她高音大嗓，喜笑颜开，一些时候，大庆把镜头对准她，还有意往大哥跟前凑，还有意配合大哥，比如当有人问："老二两口子怎么没来？"她轻描淡写地说："家里有急事走了。"可只要离开人群，上了自家的车，立即闭了嘴，绷住脸，使车里的空气顿时紧张。为了缓解气氛，大哥有意议论一下刚才的见闻，说某某人老了，头发都掉光了，大嫂没好气地说："算了吧你，就你不老？你为申家操碎了心，不看看你头上那几撮毛！"如此一来，不平静的就不是我了，还有三哥，还有母亲。母亲听不见大嫂的话，但她会察言观色，她似乎从二哥二嫂走，就觉得有什么不对，动不动就痴痴地看着我。

　　终于把该拜的拜下来，大哥把车开到了老房子前边。这是每年拜年必有的程序，不管时间是否充裕，我们都要过来扫一眼，看一看我们的出生地。它不是三个嫂子的出生地，可她们嫁人之后最年轻的时光都在这里度过，现在，二嫂走了，三嫂走了，可九十岁的母亲来了，扛着摄像机的大庆来了，尽管一路上留下不快，但大哥知道什么才是大局。

曾经人丁兴旺的申家大院，如今已相当破败了，后边六间草房房梁已经坍塌，屋檐上的苫草耷拉着沮丧的脑袋，呼应着院子里横七竖八的木棒、草秸。我们搬走之后，这里卖给一个刘姓人家，可这个曾经发旺了申家的庭院，却败亡了刘家，他的一个儿子搬来不久遇到车祸，另一个儿子第二年得了类风湿，做父亲的却在三年之后患了胃癌，于是房子和院子就被废弃。

三哥搀着母亲，跟着走在前边的大哥。因为再也不必在人前表演，大嫂没有下车，三哥于是有了走进镜头的机会。大哥边走边讲解，哪哪是原来井的位置，哪哪是原来粮仓的位置，三哥在后边殷勤呼应，憨憨的脸上还涌出气愤，大声道："都让他们卖了废铁！"仿佛要是不卖废铁，就会被大庆永记史册。看上去，大哥是对着三哥，实际是对着大庆的镜头，看上去，寻找的是井和粮仓，实际上寻找的是他曾经的业绩，因为我们家的井不是一般的井，而是一压就出水的压水井，那粮仓也不是一般的粮仓，而是铁板焊接的带着防雨棚的粮仓，现在这种东西在乡下比比皆是，在当时，大哥可谓领导了乡村新潮流。我不知道，二哥他们要是不走，此刻大哥会怎么样，会不会比现在要自然，反正看着大哥夸张的动作，听着三哥夸张的呼应，我说不出是什么滋味。

　　就在这时，我的手机响了，是二哥，他的声音呼隆呼隆，一听就知道带着情绪，"贞子，俺年年跟大哥，跟了他这么多年，他怎么能不帮自家兄弟说话呢？再说，他也不能把兄弟一碗凉水看到底了呀。"

　　我没跟二哥说什么，但放下电话，再看大哥，心像有沙石掠过，一下子疼了起来。因为此时，大哥正扬着脖子，抻直腰板够房檐，这是父亲常有的动作。为了显示自己的个子，小时候常见到父亲扬着脖子够房檐。

大哥、二哥三哥、我，我们都生在这个院子里，可是大哥的命运和我们却完全不同。大哥出生时，家里来了个算命先生，说大哥命硬，主父亲早亡，十八岁之前，不能让他喊父亲爹，只能叫大叔。大哥懂事后，曾多次哭着问妈妈，别人都有爹为什么我没有爹，母亲做不出可信的回答，他就疯了一样跑到野地里撒野。母亲每讲一次这个故事，我都止不住泪流满面，我那时哭，仅仅以一个孩子的心情揣度爹就在身边而不能喊爹的难过，可现在不同了，现在，我突然觉得，他一小就拥有家族责任感，十五岁就跟远房舅舅上小镇学徒，他不断地折腾让申家改变，是不是就因为没有爹才很早就学会承担呢，在他的兄妹都有爹他没有爹的时候，他是不是暗中一直和父亲较量着，比试着，一直不放弃在家庭中树立自己的权威呢？！他不断地在并不广大的领域里挑起征服的喧嚣，希望尽可能地集结更多的人，是不是他一出生就感觉自己是孤身一人，从而希望获得集体的力量呢？

我不知道。

对于出生地，大哥也许有比我们复杂一百倍的感受，可是他感受再复杂，也比不得母亲。母亲从史家沟嫁过来才十九岁，她在做着村保长姥爷的大小姐时，姥爷把聚赌时和自己勾搭的庄家女人领进家，成了我的小姥姥。姥姥的媳妇大妗子从此有了同盟，和小姥姥勾结，不到两年，年仅四十的姥姥就被气死，母亲就被逼嫁人。母亲嫁父亲，是姥爷情急之中托人做的媒，也就是说，如果没有姥爷跟小姥姥的关系，就没有母亲跟父亲的关系，也就没有我们这一些父母的后人。在这个院子里，母亲经历了那么多骨肉的生和死。我那只活到五岁的姐姐，因为吞了一只鞋卡子，还不等便出来就跌了一跤，把肠子卡断，在炕上爬了三天三夜咽气。她死后母亲才要的我。没有姐姐的死，就没有我的生，生死缘于宿命。母亲之所以都四十多岁了还要我，是有僧人告诉她的姥姥，从她往下三代只有一个女的，母亲就是第三代。在这个院子里不断经历死，经历生，她扎撒着小脚，把所有的苦乐都踩在了一方狭小的地盘，重返这个地盘，母亲刚刚进院就不再往前走了，呆呆地立在一个石镬旁，仿佛这里埋藏着地雷、炸弹。有好长一段时间，她都把目光对准西墙边一截曾是我们家猪圈的残壁，面无表情。

回老家拜年，她一上午都没说话，她听不清别人的话，也是早已习惯把主角让给大嫂，可是在老家的院子里，呆呆地看着那截残壁，看着看着，她说话了。母亲说话，不是她看到了旧物，翻动了埋在这里的历史，想诉一诉在这里吃下的苦头，就像李玉胜女人遇到我们，而是说："俺要是能说了算，说什么也不搬走呵，要是不搬走，哪能有这一天？"

这一天怎么了？这一天难道不比她的过去更好吗？她生儿育女，一天天盼着的难道不是儿女有出息的这一天吗？母亲的话，也许不过是对抛撒在院子里某些时光的怀念，在那时光里，她像一个坐窝的老母鸡，虽不能完好地护住她的小鸡，可毕竟她年轻，能干活。老来之后，母亲常说，要是还能干活该多好呵。可这句话多么深地刺疼了大哥只有我知道，在回来的路上，他一遍遍重复说："恁二哥家肯定有什么事了，要不他不能早走。"在大哥那里，母亲指的这一天，就是二哥对他的权威进行了挑战的今天，而他，绝不想把这样的挑战看成是事实。

七

　　展示申家风光的拜年之旅，居然成了虎头蛇尾的败兴之旅。从歇马山庄回来的路上，谁都不再说话。然而坏事也是好事的前因，有了二哥的挑战，大哥大嫂坚决要求我、大庆还有三哥去家里吃饭。大嫂有病之后，这已经是好多年不曾有过的事了。这年头，谁也不在乎一顿饭，但大庆在乎，我也在乎。我在乎主要因为大庆在乎。年里不去打扰大嫂，最初还是大庆提出的倡议，可是这样的倡议得到实施，受益的是大嫂，受伤的却是大庆。不去大哥家吃饭，就没法去二哥三哥家吃饭，都是嫂子，得一视同仁。可长期不去舅哥家吃饭，和舅哥感情越来越生了，当然只要和老婆不生，和别人生就生了，问题是，你作为申家女婿，过个年都没人叫你吃一顿饭，在父母那里，就显得太没面子，大庆动辄就以开玩笑的口吻说："不能求求大嫂请咱吃顿饭吗？"

　　大嫂终于请了，大庆高兴，我也高兴。说心里话，几天来我一直处于饥饿状态，肚子里哗啦啦叫的时候，常常要不停地咽口水。见我们兴高采烈答应，大哥更高兴，要是依大哥的想法，恨不能天天有人热闹。当然，在这些人当中，最高兴的要数母亲，她愿意我们在她身边环绕，就像小鸡在老母鸡身边环绕，关键这环绕的人里有三哥。在大嫂做了好吃的，杀了鸡或包了包子，把自己的儿女叫到楼上吃的时候，最难受的就是母亲了。这个家是大嫂的，她就无权往家叫三哥。三哥等于每一天都在以实际行动向母亲提醒她的苍老、无权。母亲觉得不搬出来好，或许就因为这个。可是，这一顿让所有人都高兴的午餐，却让大庆搅了，他在往家里打电话通报不回去时，那边公公命令，必须回去，他的两个女儿回来了。

婆婆家早已是一派热闹景象了，大姑姐和大姑姐夫，小姑子和小姑妹夫，还有他们的孩子全都回来了。这是另一棵树上的枝杈，以往，为了能和我们见一面，他们都是初三回来，公公家不讲究送年不送年。这次之所以提前，是公公一早给他们打了电话，说大庆带了录像机，早一点回来热闹热闹。

小姑子一见我就把我搂了去，甜兮兮地说："嫂子俺太想你了。"她一向嘴甜，会说话，可因为她心眼好思想简单，你觉得她怎么说都不麻人。大姑姐姐生性忧郁，话少，但她有一个特别好的习惯，向你表达感情时，她愿意摸你耳朵，每次，耳唇捏在她手里，你都会生出一种奇怪的感觉，想把她的手拿下来贴在自己脸上。

我明知道，我是外姓人，是她们娘家的媳

妇，虽然我没有日夜守在公婆身边伺候他们，但从某种意义上，在程家，我就是申家大嫂的角色，是未来的芯子，因为不管怎么说，未来老人生计的责任，全都在我们身上。她们亲近我，就像我亲近大嫂，有感情在，但更多的是技术行为。可是，她们这么热火热燎地抱你摸你，浑身痒酥酥的同时，不怎么就有一种飘浮感，心再也不像在娘家那么沉了。你心不沉了，突然就觉得有什么东西乘虚而入了——你不能辜负她们。

这也是老天的安排，让你有了做小姑子的沉重后，再给你一点做嫂子的轻松，你就在这少许的、一次又一次的轻松中，被和平演变了，一点点就有了对于另一个家庭的责任感。小姑子也是一样，她是程家的闺女，却是她婆家唯一的媳妇，没有小姑子小叔子，婆婆跟她在一起，回家打溜须的是姨婆婆家的女儿，她说她会烫发，一腊月给小姑子换了三次发型。在婚姻这个迷宫一样的回廊尽头，你永远不知道有多少微妙的关系在悄悄缔结。然而就在这轻松刚刚到来不久，大哥那面打来电话，说移民加拿大的堂弟回来了，要我和大庆马上回去。

热闹，就像快乐一样，是可遇不可求的，不能预期。公公蓄谋制造热闹，都因为大庆昨晚为了感动我拿出摄像机，让他体会了多年来不曾预期的热闹。可是他怎么也不会想到，我和大庆，会因为有不能预期的客人从天而降，让他预期的热闹迅速消散。

大庆不想去，和姐妹一年才见一次，关键是我们结婚时四叔平反，全家早从歇马山庄迁回沈阳，他和堂弟不认识，也不觉得有什么关系。可是他不知道，一早上把摄像机拿回娘家，就已经有了关系，大哥在电话里说，"叫大庆回来拍拍，安征五年没回来了。"

有五年和一年比，当然五年重要，从家里出来，大庆拍拍摄像机，有些沮丧地说："都是自找的麻烦，饿死我了。"

进门才知道，堂弟在我们还没从歇马山庄回来时就已经来了，他朋友开的车。见大哥不在家，他先去前炉舅舅那边走了一趟。

按原计划，他是准备和四婶一起回来，正月十五去老家坟地看四叔的。可单位那边有急事，就提前了。

和大哥一样，堂弟高大、魁梧，宽宽的肩膀方方的下颏，一看就是申家的后人。他是申家后人，如今却有了外国身份，你看他时，不怎么就有了怪怪的感觉，让你想起小时家里丢了的一只鸭子，它三个月后从外面回来，分明还是那只鸭子，你却觉得已经不全是了，好像它身上已经有了说不清的什么东西。堂弟无论见谁，都要拥抱，两只长长的胳膊环抱你是那么的轻，传达的亲热却那么浓烈，"大姐，太想家了。"

我早就知道他对家的想念，在他那里，家是个复杂的所在，它既是国土，又是沈阳的母亲姐妹，又是出生地的乡村、小镇。我2005年随一个采访团去加拿大，走了好几个城市，就是没去蒙特利尔，夜里跟他通话，说在多伦多，明天一早离开，他激动得语无伦次，"大姐，你，你为什么不早告诉我呵，你还是咱家来加拿大的第一个人呢，早告诉我就飞过去看你了，我太想家里人了呵。"那次电话，堂弟和我唠了整整四个小时，说他为什么出国，出国后经历了哪些磨难。沾市长舅哥的光，出国前他的生活太安逸了，除了偶尔出趟国，大多时间都是在机关里喝茶水看报纸，节假日，家里围着一圈姐妹打麻将，外面围着一圈狐朋狗友喝大酒，一天天重复，他早早就看到了人生尽头。他不想纠缠在世俗的关系里，不想早早就看到人生尽头，就在舅哥帮助下踏出国门。可是在大西洋最东边的城市纽芬兰挣扎五年，奋斗成如今蒙特利尔市政厅的一名职员，成为移民中少有的幸运者，老婆孩子都接过去，他的人生居然又看到了尽头。倒是他一辈子也不会纠缠在世俗的关系里了，可恰恰如此，让他恐惧又忧伤。他说一到周末没事，就开车拉着全家去城郊，坐在野外望着遥远的西方。那时，他无比的惶惑，问自己为什么要来这里，他挖空心思建立跟这里的关系，到头来却发现和自己有深切关系的只有大洋彼岸的亲人、家，无法让他们分享自己的一切，人生的意义究竟在哪里？

意义似乎只在摄像机拍下的内容里，坐下没一会儿，他就把压好的碟放进 CD，播给大家看。孩子上学的学校，家里新买的房子，他上班的市政厅，乡村一样被树林包围的城市，童话传说一样的尖顶教堂。这一切一点都不新鲜，在电影电视里都能看到，唯一新鲜的就是偶尔的，堂弟的媳妇在镜头里出现，还有他的孩子，他们在冲家人说，"过年好！"

这两个人，对于我们，都是陌生的，堂弟结婚后从没往家领过，要不是他说他们是他的妻儿，你根本不觉得他们与你有什么关系，尤其他的媳妇。就连堂弟也说："她和咱农村人不一样，没有家族意识，她从来不知道家族意味着什么。"那意思好像在说，她冲大家问好，都是他逼的。

对国外的一切，最有感觉的，就是大哥了。他天天看世界新闻，蒙特利尔这个城市并不陌生，由于堂弟在那里，有时还特意关注来自那里的消息，于是不时发言，一会儿冲远见说："你小叔就比你大一岁，你到现在还没有独创门面。"一会儿冲他正捣乱的孙子说："快看看，那里有世界一流的大学，你将来要是能上那儿念书，爷爷可就烧高香了。"

　　说起来，大哥和堂弟还真太像了，都不安于现状，都一门心思征服世界，只不过堂弟攒了一个好舅哥，有一个奋斗的阶梯，大哥没有好舅哥却是别人的好舅哥，是别人的阶梯，于是命运就有了巨大的反差，堂弟从此远离家族、国家，孤军奋战在地球的那一边，大哥一直在家族人群的包围当中，领袖一样独霸一方。

　　没一会儿，大哥就把二哥三哥都找来了。要不是我们被半道叫走，和三哥早在大哥家里吃上饭了——宿命的东西无时不在，大到一个人的一生，小到一顿饭。然而，在大嫂宿命般地逃不过一顿饭的忙碌时，我和大庆竟然宿命般地被撇在饭桌外面。我们的宿命，都因为二哥来了。听说堂弟回来，二哥毫不迟疑就来了，见二哥来，大哥像丢失已久的宝物失而复得，立即把注意力调到二哥那里，在把餐桌上重要位置让给二哥的同时，只例行公事似的冲我和大庆说："再上来吃点？"

大哥以为我们吃了，我们也只有说自己吃了。我们说自己吃了，当然也因为饭桌太挤，因为大庆要现场拍摄。和大庆失望地被排除在饭桌外边时，我只有上大嫂的糖盒里抓一把糖塞到大庆衣兜。

二哥精神头和一早大不一样，一张苦抽着的脸有了笑纹不说，曾经的情绪也不见了，和堂弟说话气量非常足，"远程早就跟俺说你正月回来，但没想会这么早。"说罢，把堂弟推远，梗着脖子盯住他，"哈，外国佬，和守在家门口的人就是不一样。"

堂弟立即想起什么似的，"对呵，远程在网上跟我联系，说去了西部，说大男人志在四方，要向我学习。到底怎么回事？"

"就是想到外面锻炼锻炼呗，锻炼好了，不就像你一样，给咱申家争气了嘛！咱申家下一辈儿，还没有一个离开家门的呢。"这时，二哥赶紧打开手机，拨号后交给堂弟说："通了，是远程，你跟他说。"

堂弟懵懵懂懂接过电话，"喂，远程，呵我是你小叔，你好好干，听你爸说你挺好的，好好干。"

在堂弟面前不避讳谈远程，我立即捕捉到二哥的用意，也捕捉到他为什么精神抖擞。他不想做大哥的影子，原来有一个远程在暗中支持，而那个远程，一个人在外孤独无援时，把他加拿大的堂叔当成了榜样，把一个遥远的本来扯不上的关系扯上了。可大哥对此还是怀疑，"能行吗？可不是那么容易，比不得安征，人家有个好舅哥。"

大哥对侄子的走一直不明真相，怀疑是真实的，不含任何他意，可二哥却激动起来，指着堂弟，"让安征说说，他去了国外舅哥还能帮上吗，都得靠自个儿！"

堂弟点头，于是就讲起了他的奋斗历程。二哥于是一脸的喜悦，仿佛在讲他的远程，仿佛堂弟的现在就是远程的将来，因为当堂弟让大庆把自带的家用摄像机打开，要录一录在场的亲人们给远在加拿大的妻儿看，二哥冲着镜头说："等着吧弟妹，你侄子早晚会去看你。"

堂弟的到来，对二哥无疑是一场及时雨，它在浇淋了大哥的同时，使二哥一点点滋润起来。吃午饭的时候，简直就成了二哥和堂弟专场访谈，大哥怎么想我不知道，我可是很不舒服了。

在我心里，最疼的是二哥而不是大哥和三哥，他生性懦弱，依赖性强，母亲说他先天身体不好，一小从不出门，一直拽着母亲衣襟。结婚后在大家庭里，他像一匹听话的马，以勤快能干服贴在大家身边，大哥三哥下班闲逛去了，他下班放下自行车，就背起网包去野地搂烧，依赖着勤快而获得的夸奖，他愉快地生活了好些年。1985 年分家，他的勤快无人分享，丢了魂一样，一再当着母亲说："妈，怎么就觉得不能过了！"母亲心酸，我也心酸，因此常常生出同情，偷偷买些洗衣粉之类日用品以表抚

慰。可是你很难想到，一个人在你的心灵格局
上一旦定位，稍有越位，就觉得不对了，比如
现在。他旁若无人地侃侃而谈，完全无视大哥
的存在，你恨不能上前堵住他的嘴。

后来，他的嘴终于被堵住了，只不过堵他
嘴的不是我，而是堂弟。堂弟堵住他的嘴，不
是用手，而是用一把思乡的眼泪。堂弟吃了饭，
喝了酒，去歇马山庄走了一趟后，要去祖坟，
于是一干人陪他去了西大荒坟地。来到坟地，
他跪到四叔坟前，呜噜呜噜就哭了起来，边哭
边说："想家呵，爸，太想了，我常常开车上
郊外往西望，想沈阳的妈妈，想咱小镇，想咱
歇马山庄，想咱家里亲人。"二哥于是再也忍
不住，山洪暴发一样号啕大哭，任大嫂怎么劝
都劝不住。

二哥撑着，不过是不想面对身后的虚空，
对于他这样一个实际又懦弱的人，儿子的远离
其实是最大的打击，尤其远离是为了逃婚。然
而，那虚空转瞬之间泄露出来，最受感染的居
然是大嫂，她拍着二哥肩膀，一遍遍喊着："二

兄弟想开点，咱出去也是为了给申家争气，想开点。"听上去是重复二哥的话，却一点也没有讽刺的意思。

堂弟和二哥都哭够了，一直很冷静的大哥开始说话了，大哥说话，不是站在父亲坟前，而是站在奶奶坟前，他人站在奶奶坟前，语气却是对着大家，"奶奶，咱家人从国内到国外，从乡村到城市，全都有了，咱在乡下，也不落后，咱家现在也有超市，给远见媳妇开了超市，就是想为祖上争光，世界各地都有超市，沃尔玛已经有四十多年历史，咱不叫沃尔玛，叫金玛，也是连锁，咱从现在开始也不算晚，咱人在家门口，可咱一点不落后。"

关于超市，我从不知道大哥开办它基于这样的想法。大嫂赶紧接上："老奶奶把远见从井里拽上来，不能丢了老奶奶的脸，他是申家长孙。"

坟地一片肃静，一丝风旋动了坟头的草叶，仿佛在做着某种呼应。然而这时，堂弟从四叔坟前缓缓站起，移到五叔坟前，慢慢跪下，拖着哭韵说："五叔，侄子不孝，等不到十五来给您上坟了，侄子什么事都没有，可就是想走，侄子受不了这一天天混吃混喝，在沈阳一场接着一场，太累了，您一定会理解的五叔。"

看着堂弟弓下去的后背，我不由得泪眼蒙眬。在外的人，当被裹挟在巨大的思念里的时候，以为长时间在家居住会缓解思念，会储存起一些东西在心灵的仓库，可供未来离家的日子一点点享用，以为在家的日子越多，储存的东西就越多，而回家才知道，根本不是这么回事。当搅扰在繁琐的家务事里，当无所事事又忙忙碌碌地打发每一天，不到三五天，就急得不行，就怀念起离家在外的日子，就怀念起曾经有过的对家的思念。事实证明，你与家的关系，只在想念里，而不在现实里。五叔当年，每次写信都发誓住满半个月休假，可每次，住不上一周，就赶紧离开。我居住的城市离家较近，一两个月回家一次，可每次打算住满周末两天，结果总是睡一宿觉第二天就返回。

知道堂弟不是因为公务，而是自己要走，

大家交换着惊奇的眼神，仿佛刚才说过的想家都是假的，受了蒙骗，大嫂在我身边小声说："看来外国还是好。"

八

堂弟的车一股烟一样就消失在小镇前边的土道上了，一个远在海外的申家后人的一举一动一瞬间就变成了回忆。送行的人站在道边，孤伶伶地相互看着，面面相觑。我们本是一大群，其中还多了二大爷家的堂哥和堂姐，他们听说堂弟回来，也从歇马山庄赶过来。可当大家共同的目标消失，人群立即散落，呈现了每个人都是独自的孤伶伶的面目。虽然大哥还以追忆的形式挽留着这一切，"安征真是长大了，记不记得小时候和远见争吃黄瓜，把远见手指都咬出血"，没有任何人响应。堂哥堂姐们站了一会儿，说大哥大嫂，俺家里还有客，就不上楼了，转身上了自行车。二哥有些发傻，久久地望着远方，一动不动，仿佛堂弟在不经意间带走了他的一切。三哥多年来第一次在大哥家喝酒，有些醉意，眼睛里布满红红的血丝，他痴痴地看着我，看着大庆，之后小声说："你三嫂跟俺闹别扭，想跟你们一起回大连，你们什么时候走？"

大庆也警觉地看我一眼，走过来说："能不能跟大哥商量一下，今晚送了年，就让远见送我们回去，就别再住了。"

大庆的想法，正是我的想法，要不是怕公婆不高兴，我早就想走了。而在大哥那里，我的想法就是不容推托的责任，大哥立即答应，命令远见赶紧把车油加满。

因为中午草草一见没有尽兴，公公把大姑姐、小姑子两口子都留了下来，是不是希望把热闹重新找回我不知道，反正我们进屋，所有人都欢呼雀跃。然而任何东西过了也就过了，是找不回的，你重复上演，即使地点和人员一切都没变，可时间变了，所谓世界上没有一条相同的河流，是以时间的参数。比如现在，人还是这些人，大庆摄像机也一直开着，可是当

我不得不告诉公婆我们晚上就要离开，大家一
下子就陷入慌乱之中。回菊和婆婆紧着包送年
饺子，初三晚上送年是要包饺子的。大姑姐和
小姑子紧着帮我们收拾东西，我们把换下来的
内衣外衣散落在好几个地方，还有我和大庆的
充电器，建建的CD盘，一大堆《灌篮》杂志，
公公一遍遍催促二庆，赶紧把送年的鞭炮找出
来放到暖气上烘一烘。

　　热闹没有找回，公公有些怅然。因为一通
忙碌之后，他的闺女女婿也都走了，他们也要
回家包饺子送年。一大帮人带着我们送给他们
的酒离去，屋子里顿时空荡下来，二庆的存在
顿时显现出来。这一天里，他夹在一大堆人里，
你都快把他忘了。他显现出来，屋子里顿时就
有了紧张的气氛。尤其公公要求他把鞭炮放在
暖气上，他偏偏放到窗台上，你就觉得，不定
什么时候，公公会像炮仗一样，被二庆点燃。

　　这一刻终于来到了，送了年，一家人膀挨
膀围在桌子上吃饺子，饥饿的我和大庆刚刚伸
筷，公公就看了看大庆和二庆，之后郑重其事

说："你俩听着，俺有一个想法，俺和你妈死了，绝不回苇子埔祖坟，你们要是孝顺，就上县里买个公墓。"

桌前一片安静，大过年的，相信谁也没有这个准备，去谈活着的人死后的归宿。问题是，公婆身体好好的，离那一天还太远了。

见我们都不吱声，公公又说："你姐今天回来俺问了，一万块钱就下来了，俺和你妈没有别的要求，就这点要求。"

我顿时有些明白，这只是公公的想法，程家坟地在村子里，他不想让活着的人指指戳戳，更不想让地下祖宗脸上无光。

如果此时二庆不吱声，再稍等一会儿，我就会应承下来，我应承了，大庆就会大包大揽，就像为公婆买楼房那样，就一切都不会发生。可是不等我说话，二庆等不及了，"不是孝不孝，咱家坟地是好坟地，为什么不能去，要是不好，俺哥能进城？俺不同意！"

公公立即火了，筷子在桌子上飞了起来，粗话也飞了起来，"你这个王八犊子你算老几？

你哥没发话你算老几？"

"老几？老二！俺是这个家的老二！在村里住得好好的，要求上楼，上楼住得好好的，又要死后进县城，你这不是折腾儿女！"

二庆话这么说，可我似乎也明白他气愤的来由，如果同意，就意味着向村里人证明，他真的不是老子的儿子，老子连坟地都不敢回了。

这一次，大庆没有冲公公发火，我也没有拉二庆，不是我们厌倦了，而是这时，婆婆手里的筷子康啷一声掉到地上，随之，身子一歪，和椅子一同倒了下去，直僵僵委在身后的沙发旁。

"妈妈——妈妈——"我和大庆嗷嗷叫着，一阵手足无措之后，才想起拍打婆婆肩膀，掐婆婆的人中，这时，建建和小栓大哭起来，回菊也在哭，屋子里顿时被哭声填满。公公和二庆声息全无。

一通喊叫之后，婆婆从那个世界醒了过来，她慢慢睁开双眼，看了看大庆，之后把目光移向我，泪眼婆娑地说："大庆媳妇，俺不想去苇子埔坟地，俺爹妈没给俺找个好婆家，俺不去他家坟地。"

我立即点头，哭着说："妈你放心，俺同意买公墓。"

我这么说着，心里却有些胆怯，因为婆婆明显和公公不是一个意思，公公不回坟地，是怕丢脸，婆婆不回坟地，是不愿意承认她是程家人。这太容易惹恼公公了。然而就在我这么想的时候，公公真就恼了。他恼了，冲的不是婆婆，也不是二庆，而是我。他从窗前转过身，往沙发前挪了几步，嗓音沙哑地说："大庆媳妇，俺不想掖着藏着，俺想跟你讲，俺对你有意见。"

我愣住，静静地看着一脸阴沉的公公，他不但脸阴沉，混浊的目光里，有一种怨怒在窜动。我想他是嫌我答应晚了，要是早答应，他和二庆就不会吵起来，婆婆也不会这样。

"俺觉得你从来没瞧起程家人，俺是无能，和你们申家比是不行，可俺也是见过世面的人，俺在县城上过班，你说是不是？！"公公一字一顿地说。

我顿时懵了，脸腾的一阵就烧了起来。

"你回来过个年，心根本不在这个家里。是，你娘家有外面人回来，可你是咱程家媳妇呀，你心里根本没有程家！"

我垂下眼睑，感觉有一股气在往胸脯顶，我在想，即使我有错，这和买不买公墓有什么关系呢。

"不去老坟地，俺是想，想从根上拔出来，俺想从俺这一辈，从死了那天起，重新做人，做你大哥那样有本事的人，到那会儿，你回来就不惦记娘家了。你说是不是？！"

我彻底低下头，眼泪刷的一下就淌了出来。一种比委屈更复杂的东西洪水一般旋在身体里，使我怎么都控制不住。

见我哭，刚刚好了一点的婆婆又抽搐起来，一抖一抖说："老死鬼俺才瞎了眼了，俺怎么就找了这么个婆家呵？"

见婆婆抽搐，我立即咬紧嘴唇，努力控制住自己，可我分明听见，我心里也响着这样的声音：怎么就找了这么个婆家？

我们最初嫁人，根本没想找婆家，可我们嫁了男人，就有了婆家，就有了和婆家人剪不断理还乱的关系。我们有了剪不断理还乱的关系，可到最终，却觉得自己是孤身一人。因为当我问自己，婆婆死了不想去程家坟地，作为程家媳妇，你想吗？

回答是肯定的，不！

正胡乱想着，手机响了，是侄子在楼下催促我们。我握住婆婆的手，冲她再次点了点头，我的意思是，她的要求没有问题。可婆婆并没接这个茬，她只是心疼地看着我，哆嗦着嘴唇说："一年到头回来过个年，年年都过不好。"

我说："没事妈妈，没事。"

大庆和建建都凑过来时，我离开婆婆，站起来，把目光移向公公。可此时的公公，和刚才判若两人，眼睛里那丝窜动的怨怒，像被筷子搅碎的蛋黄，彻底散了，取而代之的，是一种凄楚和无助，如同一个惹了祸的孩子不知该如何收拾眼前的局面。我原本也没想跟他说什么，只想道个别，说爸，我们走了。可是看着他可怜兮兮的样子,居然连这句话也说不出了。

直到下了楼,上了侄子车,我也一直没跟公公说句什么,可是在我们的车就要开动时,他突然扑到车窗前,眼泪汪汪地冲我们喊:"再回来呵!"我的眼泪一瞬间又旋了出来。

因为眼里有泪,回家跟母亲告别时,一直不敢看她。我不看母亲,母亲却要拉住我的手,紧紧盯住我,"怎么啦?怎么刚送了年就要走?"

我扬了扬下颏,漫不经心地说,"我明天有采访,今儿来电话啦。"

直到就要上车的时候,我才敢和送行的人对视,因为此时夜色已经完全模糊了视线。他们是大哥、三哥,是大哥和二哥家的侄子侄媳。三哥说三嫂不跟我们走了。想必走,不过是一时情绪所致,她不走,也没有着面。二哥二嫂都没来,可他们居然让远程媳妇来了,仿佛要以此向大家证明正在西部为申家争光的远程的存在。可她并不理解她的公婆,只是缩在一角,远远地打着招呼。

车门关上了,车子启动了,亲人、小镇都

退到身后的夜色里了。送年的鞭炮声渐渐远去，亲人们的"再见声"也渐渐远去，车里一瞬间陷入无边的空荡和寂静。侄子把车开动，一直没有和我说话，其实每年都是如此，回程的路上我们无话，仿佛年把我们之间的什么东西带走了。

把什么带走了？不知道。但随着某种东西的走，另一种东西却势不可挡地来了。它来自喉管，来自食道，来自胸腔的下边，它其实一直就蛇一样蜷伏在年的几天里，蜷伏在身体的某个角落，只不过我没有时间顾及而已。现在，当终于告别身后沉重的现实，当我们终于静下来，飞一样行驶在寂静的黑暗中，它居然随着身体里看不见的网络轰轰烈烈地来了。我没问大庆，但我相信我们的感受是一样的,因为此时,他的一只手正从我的肩头伸过来，我接过时，发现是一把糖。

春天的叙述

　　要写公公的故事，是在经历了漫长的春天之后。春天，对于接近四十岁的女人，实在不是一个什么太好的季节，阳气在上升时流进窗口，让你对居室中化妆品和熟食品混淆的味道生出反感；公园里迎春、紫丁香娇艳欲滴，让你看到精心搭配好的藏蓝套装是如何的背时。在那样的春天里，不管在哪儿，我都有一种捉襟见肘的感觉，我因捉襟见肘而心烦意乱，我因心烦意乱而不敢开窗，不去逛公园。我把自己关在家里，以为只要这样便会心绪宁静。可是，当我关起家门打开电视，电视里正在播放约翰·施特劳斯的《春之声》，那明快的乐曲拂擦我的耳膜时，我竟像一只扑火的飞蛾，感到了一种被灼伤的疼痛。我想，我是在对自己情绪的好转毫无希望之后，才开始四处游走的。我逛街，爬山，到乡下去看童年的女伴，我仿佛一个渴望以毒攻毒医治疾病的患者，没头苍蝇似的到处乱撞。我每到一处，都觉得会有什么事情就要发生——什么事情？我无法说清。可是，当我走遍了该走的地方，终于什么事情也没有发生，我迎来了春天里最最难耐的等待。就像一个猎人等待永远不会出现的猎物，就像一个盲人等待永远不会出现的光明，我被漫长的等待折磨得精疲力竭。在为一些虚妄的期盼寝食难安地度过一段焦灼的日子之后，睡眠竟山塌地陷般向我袭来——我从来没有那样暗无天日地睡过，仿佛上天悔过不该如此折磨我，有意营养我的神经，我进入了白天也是夜晚、夜晚也是白天的昏迷状态。然而，春天再漫长，总有过去的时候，我暗无天日地睡了几日之后，终于在一个日光明媚的早上醒来。我醒来，我看着我的丈夫和儿子——他们在我的视线里走来走去，我的目光在他们的侧影和背影上巡睃。我因为初醒，忘记了丈夫和儿子与我生命的瓜葛，我想，这两个人在干什么呢？这两个人与我有什么关系呢？我紧紧地盯住他们，我一时想不起他们与我有什么关系，我看着丈夫用电动剃须刀将下颏剃得铁青，我看着儿子将校服的衣领挽过后颈。然而，就在这时，就在我看到丈夫铁青的下颏和儿子窄窄的后颈时，我看到了另外一个人。我起初不知道这个人是谁，不知道这个人与我有什么关系，就像我不知道我的丈夫和儿子是谁，不知道他们与我有什么关系一样。是在后来，当我从床上爬起，彻底地清醒过来，我认清了眼前的两个人，他们是我的丈夫和儿子，这时，我才明白，他们的下颏和后颈幻化的那个人，是我丈夫的父亲，我儿子的爷爷，我的公公。

说到底，他们与我毫无关系，是在我经历了那样一个春天之后，他们与我，就有了关系，有了深刻的关系，就像一粒种子被抛到一片陌生的土地。我是说，就是这个早上，这个我看到我跟一些人有着切割不断的联系的早上，我萌生了写一写我丈夫的父亲、我儿子的爷爷、我的公公的故事的念头。

与我公公的相识，当然要追溯到十几年前我与丈夫大庆的相识。我与大庆相识在小镇上画玻璃画的制镜厂里。我们因为同时都是制镜厂里玻璃画画得最好的，默默地被对方吸引，我们同时又都是性格内向的人不喜欢表达，彼此的不表达也便成了吸引对方的一个部分——我想，这大约是我们彼此，作为一粒种子落入一片陌生的土地之后，无法摆脱的前定因素。总之，我们暗恋了三年才最终被一个人挑明。挑明我们之间关系的（这是多么关键的一刻，它预示着从此以后的一切归宿），不是我，也不是他，而是我的城里表哥。表哥从沈阳回乡看他的姥姥我的奶奶，跟我到小镇制镜厂看画玻璃画，回家路上，神秘地对我说，贞妹，姓程那小子怎么回事？怎么回事？听到表哥提他，我脸腾地涨红——那时，我还从来不敢直面自己的心事。表哥从自行车上跳下来，一把拽住我的车子，他爱上你了，你也爱上了他！我不敢看表哥。表哥说，我是过来人，我今早一去就觉得不对劲，他目光一直警觉地窥视我，好像我是来抢你的。

　　第一次对公公形成印象，是通过表哥的描述。表哥得知我的恋情，第二天，又去了一趟小镇制镜厂，将大庆从画室调出来印证他的感觉，当他发现大庆说着说着都要哭出来，他赶紧说，放心吧老弟，我不是来挖你墙脚的，我是来成全你。你要真爱我表妹，明天我就到你家提亲。

　　我相信，到程家登门拜访，绝对是表哥以过来人的心态，出于对青春期的了解，或者说，对爱情这种事情的了解所至。因为那时表哥已经结婚，而在表哥这次回乡的日程中，这完全是个意外。可是表哥说去就去，还带着我的大哥。表哥从程家回来，没说一句对于程家的印象，表哥说，他爸人不错，挺健谈的。倒是大哥略微详细地说了点什么，大哥说，一般的人家，没什么规矩和教养，他妈一中午都没露面。

现在回想，大哥的表述，是站在我们申家的立场上。在辽南乡村，讲究家规和家教，我们申家已经成了众所周知的典范，我的奶奶是孤山镇上有名的基督教徒的女儿，读过国高，我的奶奶要求我们在客人面前，无论大人小孩，要无一例外地恭敬礼貌，即使给客人盛饭，也一定要将双手高高擎起。直到我的嫂子们、奶奶的孙子媳妇进了申家，也没有谁敢打破这一规矩。而程家的女主人竟然一个中午没有露面。大哥其实是认为程家与我们申家门不当户不对。而当时，我只注重表哥的描述，一方面，表哥是城里人，我宁愿相信城里人的眼光；另一方面，我陷入一份情感中，愿意听到有关对方的好话，哪怕是一句。于是，在我的大哥和表哥不同的表述中，我选择了表哥：他爸人不错，挺健谈的。

后来我知道，为了这句话，我付出了怎样的代价。

因为表哥的话，我一直把我未来的公公想象成我初中校长的模样。因为在我印象里，如果哪个人称得上健谈，没有谁能比得上我的初中校长了。我的初中校长，只要一站上讲台，就字字玑珠出口成章。我还不知为什么固执地认为，健谈跟乡村男人女人那种耍贫嘴不同，健谈，必是有一种品位，词汇丰富，必是能引经据典，会由一片树叶引申出一树道理。而能引经据典、由一片树叶引申出一树道理的人，必是个子不高、戴着高度近视眼镜、衣帽讲究、文质彬彬，就像我的校长。事实证明，能因表哥对公公的描述，把我未来的公公想象成我的初中校长，足见我对出身和教养的重视，我其实是暗中希望，我未来的丈夫，有一个高贵优雅的出身。记得表哥走后不久的一个日子，制镜厂里来了一位老人，他个子不高，满头白发，戴着眼镜，整个给人知识分子的感觉。我抬头第一眼看到，就认定他是大庆的父亲，心在一瞬间竟有一些激动，似乎终于证明了什么，实现了什么，不觉间人都有了一种升飞的轻飘。时至今日，我一直没有忘记眼镜老人给我带来的那种特殊的感觉，当大庆被找出去一会儿回来，我抑制不住地问是你爸吧，大庆回答不是，我的笑竟如一只灿烂的花朵突遇冰霜，蓦地冷却。

公公是一个什么样的人，丝毫不会影响我对一个人已有三年的感情。我是说，某一天，当我认识到，我的命运已经不可抗拒地与另一个人发生了联系，我便不自觉地深化了对这个人周边人的想象。虽然那个眼镜老头没有为我的想象提供印证的机会。我丝毫不去怀疑大庆父亲的气质和修养，不去怀疑由这样一个人影响着的家庭氛围。因为我知道，他的父亲是乡间少有的在县城供销社工作的在外的公家人；我还知道，他家虽在乡村，却离小镇很近，就在我们制镜厂身后，他的姐姐，就在镇政府工作，是镇上百里挑一的漂亮女人。

与公公的第一次见面，是在表哥将我和大庆之间关系挑明之后的第一个春节。那个春节，我第一次撩开了隐在我命运深处厚厚的面纱——我与大庆相恋很深，我们的生命早已不可分割，可是我并不知道我们之间隐着什么。大庆是在正月初一这天来到我家的。他到我家，并不是顺应乡间风俗的"认亲"，那年春节，我在北京工作的画家叔叔回来，他是拜师而来的。他进门十分紧张，我们家是四世同堂，上有奶奶、父母，三个哥嫂，下有八个侄子侄女。为了不让家人在礼节上挑剔他，进门之后，我引他同我的亲人逐一握手。我这么做，并不是怀疑大庆的教养，不是，我是觉得再有教养的人也难以应付我们家这种场面，我尤其了解大哥代表双目失明的父亲跟表哥去了一趟程家之后，我们家没一个人同意我跟大庆的婚事，我的父母哥嫂包括叔叔，正以显微镜般的目光审视着他的一举一动。可是，我怎么也不会想到，

事情终于如期发生了，他在与叔叔谈话时，许
是紧张，腿不住地抖动。因为有亲人们对这门
亲事不满的铺垫，叔叔毫不顾及客人第一次来
访的情面，不顾及他是我的朋友的情面，当着
奶奶和父亲的面，严厉地批评了他。叔叔批评
他时我不在场，我因为故意给他提供与叔叔单
独在一起的机会，一个人躲到窗外剥蒜。正在
我怀着甜蜜的心情，感受我的恋人与我的亲人
走近的甜蜜时，我听见屋内的说话声越来越大，
叔叔说，这是对人不礼貌的表现，与长辈对话，
腿怎么能动？这是没有教养！我从窗外缓缓站
起，我看到了大庆脸上羞愧难当的神情，我心
的某个部位，一下子就疼了起来。

　　那天上午，我不知大庆是怎么离开我家的，
他没有在哥嫂象征性的挽留中留下吃饭，他一
边讪笑着，一边退出我家的院子。当他孤单的
背影消失在屯街东边的山冈上，一腔无名的泪
再也止不住流出我的眼角。此时，我的眼泪，
并不源于他的没有教养，我当时不认为这是他
的错，或者可以说，我不认为他是一个缺乏教

养的人，在制镜厂三年，我没有听他说过粗话，举手投足，从没有乡下孩子的粗俗和鲁莽，叔叔的夸大其辞，都因为申家在乡村长期以来的家族优越感所致，是叔叔听了大哥的话，动了拆散我们的俗念所致。正月初一中午、晚上，初二早上，一连三顿，我都端起饭碗又悄悄放下。我端起饭碗，是为了让奶奶、父亲母亲，尤其是远程回来的叔叔忘掉他们对我的伤害，让他们觉得他们对我婚姻的反对也许是有道理的。我其实多么想大声告诉他们不要干涉我的婚事。我是说，我为了家人而端起饭碗，为了大庆受到批评后的不快又悄悄把碗放下，跑到墙角去独自流泪。在家里人都认为我会在默默中有所改变的时候，我谎称上小镇办事，独自闯入大庆的家门。

　　这是我第一次走进程家，这是我与公公的第一次见面。走进程家，在我原来的想象中，是一件多么重大的事情，它意味着我将从此承认和一个家庭的关系。我承认过对一个人有感情，可是我从来没明明白白承认与一个家庭有什么关系。我想，这样一次见面，在程家，也不该是件小事，大庆是程家的长子，他们的长子相亲，召集亲朋好友设置酒席自不必说。可是，因为突发事件，因为大庆在正月初一上午受到我叔叔的批评，我竟省略了一切程序，贸然来到大庆家中。

那是一个阴霾的日子，小镇人家墙壁上的彩条和对联失去了阳光中的鲜艳，东南风扬起发子时分留下的鞭炮纸屑，漫天飞扬。我买了礼品，在一片纸屑的纷扬中摸向大庆的家。

他家与我家，也就十几里路的样子，他家在我家的东南方，离海港很近。当我推着车子在程家门口出现，大庆几乎是惊呆在那里。他打开门，冲出来，愣愣地盯住我，嘴鼻喘息着，好长时间说不出话。许久，当他的眼圈浸满泪水，他立即回转头，朝身后的屋子望去。不知是为了掩饰他的激动，还是为了向我引出他的亲人，这时，我看见他身后的风门里，有一个女人探出头来，好像他的母亲，她看我一眼，并不迎接我，立即又扭回头去，跑回屋子。仿佛我是一个明目张胆的盗贼，她必须马上将家里贵重物品藏起。就在这时，我的公公出现了。我的公公在我眼前的第一次亮相，好像一个与这个家毫不相关的客人，他慢慢腾腾，脚步沉稳，一出门就溜在了一边。我说他不像这个家的主人，是因为他的目光是游移的、飘忽的，一点没有迎客上门的热情。他穿着一件褪旧的夹克衫，发丝的走向随意倾倒，仿佛经历了漫长的旅途的流浪者，与我想象中的儒雅、书生气相去甚远。

真的，第一次见到公公，就给了我这样一个印象，他是与这个家毫无关系的流浪者。多年之后，当我与大庆结婚，大庆告诉我，那年正月我离开程家，他的父亲借着酒精的作用，将他、他的母亲好一顿臭嚼乱骂，骂大庆是一个没根没底没有教养的货色，本该体面的事做不体面；骂大庆母亲毛手毛脚永远登不上大雅之堂，人都进门了，不迎客还要往家跑，等等。一个人的背后，有着如此无限的、让你无法想象的内容，一个人的生命背景，你一旦走进去，就是打开一个切口，就像一只西瓜打开切口。遗憾的是，恋爱，不能指望像买西瓜那样，先用刀往深处开一个洞，看一看是沙瓤还是水瓤，是生还是熟。我怎么也不能相信，一向性格内向、沉稳的大庆的父亲，竟然会是一个脾气异常暴躁、动辄就大发其火的人。就像我怎么也不能相信，坐落在镇边上、出落过漂亮女子和文质彬彬的大庆的家会是如此漏洞百出、污迹斑斑。

关于对大庆家的印象，我想，我是不该把它放在与公公的第一次见面来写的。因为，它似乎与我的公公无关。我对公公流浪者的印象，是在走入程家屋门之前就有了的。可是，那个家离公公太近，公公走进它，只是一转身的事。它已经是我加深对公公印象的背景，就像一幅画的背景，就像我的公公同样是大庆的背景、那个家是公公的背景一样。我只跨越一步，就走进了这个家。在此之前，在我在乡村生活的二十年中，我想，我是没有留心和对比过，什么样子的家才是最好的，然而，走进大庆家，走进公公家，我懂得了一个词——气象，它跟穷富无关，跟生活是殷实还是贫瘠无关，它类似于一个人的气质，透露的是主人的意志，体现的是日子中的生机和精神——我一直相信，日子也是有着一种精神的，锅碗瓢盆、菜缸橱柜、笤帚抹布、门帘桌围，这些过日子一应用品，在不同人家就有不同的气象。在程家，锅碗瓢盆极少有盖子，一律敞着口，并且那里边没有因年而盛满的肉和菜，与没上桌围、裸露在外的菜缸呼应着，与空空荡荡的没有香火供奉的屋子呼应着，孪生姐妹似的。最让我不能忍受的是，程家的洗衣机上放着脸盆，电视机上放着酒瓶。在程家，物品的摆放呈现的气象不是死寂，而是忙乱和慌张，就像随时都要抽身逃走似的，没有一点宁静和温馨。关键在于，这是年啊，即便我不来，也还有村里人前来拜年串动，庄户人一年手忙脚乱，唯有过年才打扫得干干净净，收拾得利利索索，怎么会是这样？

还是在这大而无当、零乱无序的家里，我就和大庆相拥着哭了起来，他的父亲母亲，将我接进不一会儿，就悄悄溜掉。我不知道为什么哭，是心疼大庆成长在这样一个家庭，还是终于验证了叔叔的判断？我不知道。我只是感到很委屈，有谁在不知不觉中断了前程似的委屈。但我似乎明白大庆为什么哭，叔叔的批评以及我的突然闯入，都让他对我们之间的关系不敢再抱希望。他其实是一直努力着超越他的背景的，他多么害怕我不能切肤体会他的努力。他边哭边说，我们这样的家，是没有资格娶你的，没有资格……昨天离开你家，我就想。见他这么说，我说不，我就是要嫁你，你就是资格，你不需要任何别的资格。

后来，当我与程家有了深入的接触，我懂得，为什么我的叔叔、大哥等亲人那么强烈地强调门当户对。经验，其实对任何人都毫无所用，任何人在没有经验前人的事物之前，都无法照搬前人的经验。于是，我们说，人，只有去经验；于是，先人说，还有命运！

大约有一个小时，大庆的母亲回来了，她旋风一样从门口刮进来，并带回了大庆的姐姐和妹妹。她们进门来，同我笑了笑，之后，就接到谁的命令一样动作起来，被大庆母亲急忙堆在炕上的布帘一瞬间就飞到了该去的地方。大庆的姐姐边干边责怪道，妈你也真是的，大过年的，怎么也不挂上。这个时候，我才从大庆母亲口中知道，都是我的公公坚决不让挂，说一定留到儿媳上门这一天。

　　大庆的母亲姐妹回来不久，他的在小镇学校教书的小姨夫和在照相馆照相的三姨夫也来了，大庆向我介绍时，他们都称我外甥媳妇，好像我早就是程家的人。大庆的小姨夫，虽不是校长，但说起话来口若悬河，他谈鲁迅、巴金，谈周作人，他说他读过我写的作品，很有生活气息；他说不过我的外甥也不错，齐白石就自学成材，他曾经是个木匠。他那说话的语气，好像我就是将来的鲁迅、巴金或周作人，大庆就是将来的齐白石，我们会成为一对伟大的艺术家。大庆的三姨夫则拿着带三脚架的相机，给我们照相，嘴里不时地喊着近点，再近点，好像我与大庆的关系，会因为他的照片而从此

牢不可破。倒是我的公公一直无话，他是在吃
饭时才被叫到屋里来的。他进屋来，没有正视我，
眼神云翳一样在大家的缝隙里飘动，让人觉得
今天的一切都与他无关，他的未来的儿媳无论
怎样都无所谓，他甚至午饭间一口酒都没喝，
独自扒几口饭就下炕出去了。这对于我，无异
是一种伤害，他是一个见过世面的人，他不该
和大庆母亲一样的，表哥曾说过他是一个健谈
的人呵。

　　后来我知道，如果说嫁给大庆是我的宿命，
那么，我的突然闯入，便是公公的宿命。我的
公公在那一天里所呈现的一切，都与我的突然
闯入有关，是我的突然闯入，使他的计划不能
得以顺利实施，他早就同他程家有身份的亲戚
邻居打好招呼，儿媳相亲这天要请三桌酒席。
重要的是，我的突然闯入，使程家不设防地暴
露了屋子里的零乱不整，四处裸露，就像一个
蓬头垢面的人被堵进被窝。大庆母亲见到我后
扭头跑回，其实是为了冲进家里抢先一步还屋
宇以整洁的面目……我就是那个横空出世的抢

劫者，我偷袭了程家，使程家的一切，都暴露在一览无余中，这对公公，似乎是一个莫大的打击，程家怎么可以这么一览无余地暴露在新人的眼目中？

因为大庆的诉说，我异常不安，以至好长一段时间，再也不敢私闯程宅，每逢要去，都提前让大庆回家打声招呼。其实此时程家是否变化对我已不重要，这就像谎言一旦被揭穿再听就毫无意义一样，我只是希望因为我的提前预告，使程家人，尤其是我的公公，补回在人前该有的体面。然而，我再也没有在程家见到我的公公，那一年——我私闯程宅那一年的夏天，他就跟家乡工程队去了本溪，在那里为民工做饭，重新开始了出家在外的生活。

事实上，我与公公的第二次相见，是在第一次相见的三年之后。我是与大庆暗恋三年又明恋四年，才最后走到一起的。我的一而再、再而三的拖延婚期，是不是与大庆的出身背景有关，很难说清。在后来的四年中，我的工作环境不断发生变化，先是因为发表作品而被送往省城进修，两年毕业后，又分到县城文化馆工作。在这期间，凡是关心我的人，没一个不规劝我了断这门婚事，而持这种意见最最强硬的还是省城的表哥。他那时隔三岔五就来到我的学校，借给我送一些水果小吃之机做我的工作。他说，你又瘦了，你肯定有什么心事，我看是那程家的小子折磨了你，断了算了。表哥的话，就像我和大庆的关系只是绑在一起的两只舢板，说断就可以断掉然后各奔东西。我瞪他一眼，当初是你挑明的。表哥说，当初是当初，当初你们都在乡下，是平等的，现在不同了，你变成了城市人，你有未来。是这时，我才验证表哥当初对我婚事的积极，对大庆出身的不挑不拣，并不是他不在乎差别，而是他没有看清这种差别，他以他城市人的居高临下，忽视了我们申家与别的人家的不同，他以为乡下人家都是一样的；他忽视了我的潜力，以为一个乡下孩子，能画画玻璃画也就不错了。表哥一次次的渗透，搅乱了我的心，为了终止表哥的搅扰，有一次，我终于说话，我说别说了，我让大庆也出来读书。

这原本是一句急中生智的气话，可这句话一经出口，我的长时间阴云密布的心情好像突然开了一道缝隙，我看见一束霞光照亮了我的生活。表哥刚刚送走，我就给大庆打了电话。应该说，为了这个念头，我和大庆都付出了应有的努力，这其实是我们在为我们之间的感情付出努力。就在大庆经过自学通过省一家文化艺术职工大学的考试，就要开学的前夕，我的公公发令召见了我。

那是一个炎热的夏天，那时我已分到县城文化馆工作。去程家之前，我回了一趟十里洼自己的家。最反对我婚事的双目失明的父亲，听说我要供大庆上学，由衷高兴——父亲曾经是个商人，特别注重事物的转机，他在扭不过我对自己婚事的态度之后，对供大庆念书这样的转机报以呵护。可是，父亲是商人，没过一刻钟，他就算出了大庆外出读书需要花多少钱又少赚多少钱。我说不管花多少钱，我都认。

父亲说你认，人家不认，人家是指着儿子养家糊口的。经父亲一说，我对公公的召见突然生出恐惧。大庆姐姐已经结婚，妹妹还在念书，他是程家的长子、顶梁柱，公公怎么会同意任一个没过门的儿媳摆布，断了家里生活来源？！

还是三年前那张桌子，却因为是夏天，桌面被请到地上，底下支上四条长长的腿，变成了落地圆桌。却因为不是第一次，家里除了大庆父母、妹妹没有别人。大庆母亲张罗了一桌饭菜。靠近饭桌的时候，我有些紧张，我曾横空出世袭劫了公公的体面，我不知他会否像从前那样冷淡我。当然这不重要，重要的是我不知道他对我供大庆上学的突发奇想持何态度。我的公公堂堂正正坐在我的对面，同三年前大不一样，完全一个主人的感觉。还好，不待我坐下，他就同我说话，玉贞——他叫了我的名字。这时我注意到他的眼睛里布满了红红的血丝，像是没有睡好觉，他下颏的胡须挫蜷着，给人深深的沧桑感。他说，坐下吃饭吧，叫大庆给你倒酒，咱们喝酒。他的口气温和而庄重，我的脸忽地一热。我想，我的公公一定早已在心里否定了我的想法，故意用热情来安慰我。大庆没有为我倒酒，我的公公也没逼，当大庆母亲上桌坐下，吃饭就变成了默默无言的劳动。饭桌上，除了咀嚼声、筷子与碗的碰撞声、公公一口口喝酒的吱嘎声和大家的喘息声，没有任何别的声音，这使我感到十分压抑，总觉得有什么事情要发生。

后来我知道，这是大庆家饭桌上永远的气氛，只要我的公公在场，就没有谁敢说话、愿意说话。大庆很快就扒完碗里的饭，但他没有放下饭碗，在那里默默地等着我。我每夹一口菜都需要向战场冲锋一样的意志，当我艰难地吞下最后一口饭，坐在我对面的公公终于说话。申玉贞，我程有旺为父无德，没有教出好儿女，全靠你扶持了。我懵了，他明显是在讥讽我，讥讽我一个外姓人恬不知耻为他的儿子安排前程，我有什么理由？！我放下筷子，抬起自吃饭伊始就没敢抬起的头，看着我的公公。他的脸已经涨红，酒精将他略微凸出的眼球烧得很亮。

我说：大叔——我不知道我想说什么，只觉得我是应该说点什么的，比如我独自供大庆上学，不用家里花一分钱；比如大庆毕业后，我会把少挣的钱全部补回。可是，我没说，因为我感到委屈，仿佛一口碱水流进我的胸腔，呛得我说不出话来，我为什么要同这些人缠绕一起？我为什么供完自己上学，又要供别人上学？这时，我的公公举起酒杯，要我也举起酒杯和他碰一下。大庆见此情景，立刻站起。我以为他是为我斟酒，可他却毅然走掉，小妹也毅然走掉。大庆母亲连忙说，玉贞不喝酒你不要逼她喝嘛。扑通，举在公公手中的酒杯重重地落在桌子上，你懂什么你，你难道不该跟我一块儿给申玉贞敬酒？咱家的儿子，人家供去上学，咱当老的不敬酒谁敬酒？！

为了稳定局面，我自动端起酒杯，斟上，我说，叔，您不同意就直说，我不会勉强。我一口气喝掉半杯酒，似乎在冥冥中携带了一种情绪，这是一种复杂的、积压了三年的情绪，这种情绪有跟命运无声对抗的意味。可是，当我喝完酒，坐下来，只见我的公公泪流满面。他手在空中颤巍了一下，又落下来，将酒杯放到桌上，抽泣声一会儿就掠过了桌面。我不知道我竟如此深刻地得罪了公公，竟让个五尺男人泪流满面。我低下头来，不说话，也不看他。我等待着他的平静，我的心却乱极，怎么也不能平静。许久，他揩了一把泪，止住抽泣，他说，玉贞，我说的是真话，我真的感谢你，我就是砸锅卖铁也供。但有一点，你得答应我，在他上学之前，你们把事儿办了。办了，再让大庆走。

　　这一回，我真的震撼了，我从公公红红的眼睛里，看到了感激，那感激火花一样燎舔着他的眼窝和腮帮，使他腮上的泪痕闪出熠熠光亮。而就在他擦掉眼泪的瞬间，他又孩子一样笑起来，他说，我一点也想不到，我娶了个好儿媳，一点也想不到！

　　说心里话，婚前的时光，我是丝毫不曾知道公公对于申家的看重，对于我这个儿媳的看重，即使他在那个招我见面的日子说了那样感激涕零的话，我也没有从心底里信以为真。有一种男人，只要喝了酒，什么大话都能说，好像不夸张着说话，便不能充分挥洒酒兴，并且，一激动就泪流满面。我把公公想成那样的男人。他多年在外，没有家的约束，亦最容易成为这样的男人。然而，后来，当我跟这个家有了愈来愈多的接触，我似乎有了另外一些感觉。

对公公的了解，严格说来，是从结婚才开始的，那情形有点像不入虎穴焉得虎子。结婚之后，由于文化馆没给房子，大庆在省城上学，我的新房一直设在乡下婆母的西屋。每周周末，我从县城返回小镇婆母家，住一晚上，第二天再回十里洼娘家，几乎从不例外。而这个时期，公公仍然在本溪给民工做饭，家里只有婆母和小妹。

一度这么跑着，单位、婆家、娘家。我很累。周六下午坐在县城通往乡下的车上，私下打算下车直奔十里洼，可是一旦下车，走出车站，脚又不自觉地迈向海港方向。大庆不在家，我没有必要每周回去一次，我曾经以为，我的执着，是因为一份牵挂在一个人的情感中一旦生成，便进入了不自觉的状态；也曾经以为，我骨子里封建传统教育太重，结了婚，就把自己当成程家的人，孝敬自己老人的同时，必须同时孝敬对方的老人。可是后来，我才知道，这一时期，我身上萌动着的是一种什么样的激情。

我其实最初很是看不惯我的婆母，她在我所经验的女人中属于少有的异类。在乡村，有两种女人。一种，是嫁给男人，从不指望男人，不管男人能否挣回钱来，都会用自身的热情把日子扑腾得有滋有味。我的母亲就属这类女人。在我很小的时候，父亲经商赔本，家里过年蒸不起年糕，她用地瓜丝掺苞米面放到锅里蒸，蒸了一锅又一锅，炕烧得火热，盖子装得爆满，我和哥哥们在蒸汽缭绕的屋子里跑动，心里溢满了年就要到来的快乐。将日子折腾出滋味，这是信念。母亲飘动在溢满地瓜丝气味中的身影，在我的眼里，带着一袭强烈的追光，走到哪里哪里明亮。她大字不识一个，她却能制造出一个无比温馨的过日子的氛围。还有一种女人，她们永远寄生在男人的羽翼之下。这样的女人我也见过，她是我的小姨。我的小姨嫁了一直病魔缠身、不能做重活的姨夫，她一生最大的兴趣就在抱怨自己的苦命上，在家里，向我的姨夫抱怨，在外边，向亲邻抱怨，进而生出啜泣和嚎哭。逢年过节，对比了别的人家，指责、啜泣和嚎哭便如山洪暴发泥沙俱下，节日变成灾难之日。我的婆母，不属于这两类女人的任何一种，她不指望男人赚回钱来，十六岁嫁到程家就下地干活，独自起早贪黑、忍饥挨饿，把工分挣的一分一毛都用在了买粮买草、给孩子买衣服上，从无抱怨。却奇怪的是，她从没为家制造出丁点过日子的氛围。大庆说，从他记事，就没有像别人家那样蒸过年糕，烀过拆骨肉，节日和素常从无两样。很显然，我的婆婆不是一个自私的女人，她将她的一切都交给了日子，可是，我不认为她是一个会过日子的女人。在乡下，会过，无一例外地要体现在营造日子的氛围上。会过，是面对困境能建立起信念。我的婆母有坚强，但没有信念，信念比坚强更大，它有着巨大的感染力、感召力、亲和力和向心力，它一旦在一个人身上生成，便如一团火一样热络着她的周边。如果说坚强是一棵树的树干，信念便是树干上茂密的树叶，它会遮风挡雨，会形成偌大的树荫供你乘凉，就像我的母亲。

结婚之后，每周有了一次回婆家的经历，我更深地了解到，家，对于婆母，简直就是一个毫不存在的虚幻之物，她的脑中，没有昨天，也没有明天，有的只是现在。现在，听到外边自行车响，她会从屋子倏地跑到门外，啊呀，玉贞回来了，你看看我这脑子，今天是星期六，我忘得一点不剩。现在听到远处一声呼喊，卖豆腐啦——她会从菜地爬出院墙，飞快地跑回家取钱，再风也似的跑到卖豆腐人身边，可是到了之后才想起上午已经买了一块。不管她手里在做着什么，烧火做饭切菜喂猪，锄地拔草，还是与村人拉呱，只要有另外一种声音传递到她的耳朵，她便会闻风而动。一次我回家，为了跟婆母无话找话，说是不是好秋收了，路上看见稻田有那么多人影。正在灶坑烧火的婆母嗖一声站起，冲出院子，向外边跑去。我以为她在偶然间发现外边鸡鸭出了意外，也跟了出去。结果跟到大街，却见婆母一溜小跑向东甸子的稻田跑去。半个小时后，我在大街等回了我的婆母，锅里的鱼已经煳在锅底。于是她大笑起来，一边用刀铲铲锅里的煳鱼，一边说，可不真有人割稻子，这些死鬼，就能抢早。

　　婆母注重任何一个现在所发生的声音和事情，比如门口槐树上有鸟在叫，她会跑去辨别是何种鸟；海港有轰隆的发动机响，她会跑去看看是哪一种船；后街上有人在打情骂俏，她会滚跑滚颠跑去看是哪一些女人——而因此带来的类似鱼煳在锅里这样的后果，婆母从不惋惜，哈哈一笑了事，好像那些声音是上苍的呼唤，她无法抗拒。因为婆母的行动受制于外界的声音，因为她无法在静态中停留，思考日子的未来和过去也就不属于她，将家收拾得井井有条也不属于她。婆母除了做饭，基本不怎么待在我们称之为家的屋子里。院子里、街上、田里，都是她的去处，她一趟一趟往外跑的样子，像一个野泼的孩子，她从外边回来的时候，就一定会把她看到的一切绘声绘色讲述给你。有时为了学像一只不知被谁打瘸腿的狗，她会不惜四肢着地。刚结婚时，我不习惯年届六十的婆母如此动作，每当看到她从外边回来，都赶紧躲回我的屋子，可是只要你没离开这个家，她总会等到你出来的时候。

那是刚结婚那年的腊月二十六，我和大庆一道，从县文化馆返回乡下，过结婚之后的第一个春节。大庆其实十天前就已经放假，可他因为思念我，没有直接回家。直至今日，我都不能忘记那一次回家过年的情景，我的婆母家是锁头看家，我在院子里站了一个时辰，大庆才在后街找回我的婆母。她像从前一样，风刮树叶似的往家跑，待到进院，咯咯咯笑个不停，说桂枝说，鞠生离婚了，去问问真假。本以为她的笑，是表示一种歉意。可是进了门，还是笑，她说，你说有没有意思，鞠生媳妇结婚前就怀了不知哪个杂水的孩子。当感知婆母仍然沉浸在别人的故事里，对我们的回来毫无感觉，对家里的冷冷清清毫无感觉，一股莫名的委屈不由分说地袭上心头。

在以往的多少年中，在与这个家毫无关系的一些年中，我经历的年前回家从来不是这样，我的母亲不会在年前的时光锁门离家，更不用说是为了一个不相干的人的离婚。当然这不重要，重要的是我的母亲会提前很多天就蹲在柴火和蒸汽里煮沸巴望和等待。在婆母扒完锅底的草灰，从菜窖里拽出一棵大白菜来洗的时候，酸楚在我眼角弥漫。看我哭，大庆觉得奇怪，说你这是怎么了？

是的，我这是怎么了，就为了婆母用锁头迎接她在外的儿子儿媳？就为了婆家在年的时光里冷冷清清？我都是二十七岁的人了，有了三年多的城市经历了，我还是一个读书人，我怎么会在乎这些？我无法说出我的感受，当发现大庆不懂我的眼泪，我的眼泪便知趣地停止了流淌。我破涕一笑，谎称都因为我和他在新房里分别太久。但此时，我的心底里，却挣扎着另外一种意志——在当时，我并不知道这是一种意志，就像我写作好多年了，却并不知道它会成为我终生的事业一样。我换下衣服，走进堂屋，我说，妈——对着正在脏兮兮的菜板上切菜的婆母，我亲亲地叫了声妈。我说，有什么活，下午我干。蒸年糕，炆猪蹄，杀鸡炸油丸，我都会。我的初衷是想向婆母施加压力，想告诉她年是要有个年的样子的，你的儿子丈夫一年在外，这些事是要做的。但我把话说得很婉转，很自然，尽量让婆母感到我只是想多干活。婆婆停下手里的活，愣了一下，之后，就像以往得到什么信息迅速做出反应一样，说，有，都有，我去拿。于是，放下菜刀，跑到厦子，捧回四只猪蹄，放到锅台上的瓷盆里，又跑出去撵鸡。大庆看到因我说了什么，他的母亲就在院中和鸡赛跑，走出西屋，问我，妈干什么？我没有回答。本来，我说出刚才那些话，是理直气壮的，我觉得我有理由为这个家制造一种氛围，我已经是这个家的一分子。可是，当大庆问我，我的脸腾地一下就红了，我当时的感觉，就像我是一个争吃争喝的馋媳妇。

但是，我没有将刚刚伸出去的意志缩回来，我真的燎了猪蹄上的毛，杀了鸡，从进家开始，我就一刻不停地忙起来。

我其实从来没有做过熬猪冻和杀鸡的活，更没有蒸过年糕，以往这些活计，都是看母亲做，我在想象中胡乱地瞎弄，只追求屋里屋外热气腾腾的效果。因为知道婆母是一个容易被声音调动的女人，我就不断地向她灌输信息，我说，妈，我妈妈熬猪冻像水晶一样明亮，是在锅里煮上三开，然后再切成条放到盆里蒸。婆母说，咱也煮三开。我说，我妈不管我们爱不爱吃年糕，总是要蒸，这是一种预示，年糕年糕，年年高。婆母说，咱也蒸。我知道婆母并非情愿，她的行动果断都因为她的思维只想着现在，而不想从前和以后。

一些年来，写作，读书，苦苦奋斗，我从没有想过，有朝一日，也会像母亲那样，满头的灰垢和油污，在草灰和蒸汽缭绕的灶坑为一家人制造过年的氛围；一些年来，母亲亲手制造的氛围让我在远离她时有了一种失落。当然这种失落不光为了自己，还有我的新夫大庆，还有我的公公、小姑子。事实上，在年向我证明，我真的变成了别人家的一员，而永不能回到母亲身边享受母爱时，我身上的母爱也随之萌生了。只是，在我还没有孩子的结婚伊始，这种母爱的萌生尚为时过早，它借助了程家日子的没有氛围和秩序，借助了婆母从不设计日子的习惯而得以粉墨登场，它在粉墨登场后，还携带了一种想改变什么的野心。事实上，我每周在小镇车站的迟疑，最后又别无选择地回到程家，正是因了一种想改变什么的野心的萌动。

程家一连三天烟雾缭绕热气腾腾，大庆给我打下手，小姑子擦柜面擦玻璃洗抹布，我们湿漉漉的脸庞让我重温了儿时在母亲身边忙年的情景。

腊月二十八晚上，我的公公从本溪回来，他走进屋来，刚放下东西，没有歇息，就在屋里屋外转了一圈。重新回到堂屋的时候，他长久地看着在灶坑烧火的婆母。身影透过门框罩过婆母头顶，逼近了婆母脸颊。婆母似乎知道他想说什么，就是不抬头，恰好这时外边两只幸免于难的公鸡正在斗架，婆母借机拾起烧火棍，跑出公公的阴影。晚饭时，我的公公开口了，但他面对的不是婆母，而是我。公公说：玉贞，我程家三四十年，没有这么像样过过，你让我看到了我们程家的过去。俺妈死得早，她老人家一死，程家就什么都不讲究了。家规家道，一概不论。年不像年样，节不像节样，请客送礼，迎来送往，你问你婆婆，讲究过吗？一来客她躲挺远，咱这是什么家风？公公说着，深深喝一口酒，之后又给我倒酒。像那次召见我一样，见他们的父亲又要长篇大论，又要喝酒，大庆和小姑子扒几口饭，纷纷离桌。我的婆母没有离桌，嘴却轻轻地撇着，瞧不起的样子。然而，只要我在场，我的公公对别人的反应视而不见。

是这时，我才感到，在程家，我和公公是能够相通的，不但如此，我觉得我简直可说是公公的知音，或者，公公是我的知音。因为真正领会了公公对我的赏识，因为要表示对公公的呵护，我说，爸，我们家过年都供宗谱祭祀祖宗，咱家是不是也应该供。这时，只见公公脸色突变，玉贞，你一个读书人，怎么能信这些，我从来就不迷信，我爹妈死后，我都没给合葬，读书人脑瓜要开放，一定要开放！

本来，我以为，我对程家日子规矩的建立，会随三天烟雾的缭绕而长驱直入，谁知，刚刚开始，就碰壁。我没再吱声。但公公并没往深处生气，两杯酒下肚，讨申玉贞这样的好媳妇是祖上积德这句话就再不离口，仿佛我的业绩会通过他的宣讲荣载程家史册。那天夜里，在我们的新房里，大庆久久地看着我，之后，跟我说，玉贞，你知道吗，这是我长这么大过得最快乐的年，都多亏了你。

尽管，我不经意间的一句话，受到公公批评，让我感到脸红，但他的表扬，大庆的表扬以及我亲历着的程家热气腾腾的氛围，都让我从此端正改变程家建设程家非我莫属的信心。

每顿饭，只要一家人上桌，我的公公就无视他的所有亲人，只和我对话。他论古讲今，论古，是论他的童年和他的父亲，讲今，是讲邓小平的改革开放。他说，他的父亲是个十分聪明的商人，专门贩卖丝绸，他十二岁时就跟父亲走南闯北，给父亲看货守摊做伴，他们在当时的安东城混得透熟，无论走哪，都不迷路。生意做得好时，他的父亲就领他去看戏、看二人转，听广东音乐《步步高》。有一回，他的父亲看到兴头，出门时说，等发了大财，一定把家搬到城里，让你妈也看上戏，他当时高兴得觉得日头快要从西边出来了。后来，真的卖了一批丝绸，发了横财，可是，他父亲刚刚把钱拿到手，就在路上遇到抢劫，当他后来在旅店得知消息，父亲已经咽气。因为惦记父亲的话，从此他独自走南闯北，发誓一定到外边立足，谁知很快就走了集体化道路，个体经商受到打击，他就进了商店，当了给公家经商的人。他说邓小平英明，解散了集体，解放了生产力，富了多少农民，要是当初遇到邓小平政策，程家早就是城里人了。每顿饭，他一高兴，就讲他的父亲和他的经历，讲邓小平。而讲他的经历，只讲到做了公家人为止，再就一跃跳到邓小平的改革开放，对他做了公家人之后的事情只字不提。关键在于，我的公公在讲到城市时，一定要讲城市人的文明礼貌，说你看电视上，人家一家人上桌，有说有笑，人家每天每天，尽讲国家大事，哪像咱们家。不管前边讲了多么远，公公总能讲回来，讲到程家人的没有教养，讲程家的没有家规，好像前边所说的一切，都是为了这最后的控诉。许是公公在讲古道今时，流露出了家道败亡之后的不懈追求，我的目光不失时机地给予了赞许和欣赏，公公在带有控诉意味的表达中，将我当成了程家最能听懂他的话、也最有希望的后人。

那时那刻，我真正印证了表哥的话，公公是一个十分健谈的人。

那时那刻，我真的不知道我是怎样的误入了歧途，我不但不知道我的误入歧途，且每次听他谈完之后，心里都涌动着骄傲，还在夜里无数次地批评大庆，在这个家里，你应该是最懂你父亲的，你有文化！你父亲其实是一个有想法、有追求的人。程家多年来的零乱无序，都跟他的想法无人呵护有关。我每次批评，大庆都默不作声，不表示肯定，也不表示否定，好像他是一个木头人，当我因为一直得不到反应而气急败坏，说他太让我失望，他就把我抚在怀里，拿起我的手，叫我打他。

应该说，这个春节，我觉得我越来越多地理解了我的公公，这种理解，一方面来自他的带有控诉意味的表达，这表达，让我懂得他内心的追求，懂得他的追求与家这个现实之间的冲突，尤其与婆母这个现实的冲突；一方面来自于一件小事对婆母的进一步了解。那件小事与吃有关，我将猪皮冻、鸡冻、油丸、扯骨肉做好之后，婆母将它们统统搬到厦屋中去，到吃饭时，她总也想不到往桌子上拿，因为惦记大庆过完正月十五就要离家，每顿饭，我都焦急地做一些暗示，可婆母总想不起。正月初四，我的公公终于忍不住，吃饭前冲婆母厉声道：

怎么，还非得提醒，厦屋那些东西是做出来看的呀。婆母妈呀一声，出了膛的子弹一样冲出去，将好吃的一盘盘盛到桌子上。提起这件小事，不是说我从中看到我的公公如何有理由发火，不是。我是说，当天晚上，婆母就病倒了，一股无名的火直烧到三十九度五，一家人吓得跑前跑后，我的公公更是坐立不安，连说我就知道她会病我就知道。大庆到小镇医院找回大夫，给婆母扎了退烧针，大庆小声跟我说，妈妈每年春节都要病一场。

我是想，我的婆母每年春节的大病一场，一定跟一到春节公公就回来了有关，她无法知道我的公公在想什么，他的每一道命令都让她一身虚汗。我还想，这一年春节婆母的病，还绝不只正月初四被公公训斥这件小事，事实上，从我回家，从我提出要做这个做那个开始，她的神经就绷紧了，就暂时地与外界的声音隔离了，这对她是一件多么残酷的事情，这无异于将一个长跑运动员关进监狱。

当我看到，一家人因为婆母的病恍如热

锅上的蚂蚁，看到我的公公站在灶间独自叹气，我明白，公公在这个家想要建立的规矩，为什么不能在他退休之后点点滴滴得以实施。婆母不以语言和行动抗拒公公的要求，便以身体抗拒，婆母大病一场的结果，往往是公公半月二十天不再将心里的要求诉诸语言。一定是这样。

虽然婆母病倒，但因为有我顶替婆母在家张罗一日三餐，待人接客，那个春节，大庆说是程家有史以来最最阳光灿烂的日子。公公发现我能把事情做得体面，便大动请客之念，姨夫舅舅请了一拨又一拨。如果说我私闯程宅那次，半晌请来姨夫，是用他们向我炫耀程家的体面，那么现在，公公则是用我来向大庆的姨夫舅舅炫耀程家的体面。我的公公逢请客必喝酒，逢喝酒必泪流满面，公公在泪流满面时，总要喊过我，然后对大家说，申家姑娘给咱，屈了材你们知道吗，咱是个什么家？！公公用一种自虐的方式炫耀，弄得我羞怯难当。不过，我知道公公的感动、高兴是由衷的。看着公公动辄就痛哭流涕，我心里十分难过。他多少年在外住供销社，其实是从没有真正的、有滋有味生活过，他其实一直是在流浪的，心无所依，情无所系……就是在最后一次请客、醉酒、流泪，最后一次说申家姑娘嫁程家屈了材时，我的公公做出了再也不离家外出的决定。

最后一次，请的客人是我的母亲和我的三个哥哥。我的大哥在小镇修配厂当头儿，看到我的公公如此看重申家，竟至于泪流满面，受到触动之际，毅然答应让他到汽车队做门卫。

程家从此开始了我的公公期冀的那样有希望的、体面的、有滋味的日子，而这样日子的得以开始，是因为有了我——我丝毫不去怀疑这种可能性，因为我知道我是怎样地进入了角色。每周一次回家打扫卫生，买鱼买肉让全家人改善生活——为此我从不舍得买衣服。每周一次听他倾诉他的重复多次的丝绸、安东城、邓小平解放生产力以及居家过日子的理想。对于公公而言，终于有人懂他，与他沟通，则是最最重要的。那段时间，因为我对改变程家倾注了太多的感情，极少回娘家，偶尔回去一次，我的嫂子跟我开玩笑，嫁鸡随鸡嫁狗随狗，这不随过去了。我知道嫂子的玩笑里边有对我的俯视，本意是，那样一个家也值得？！对嫂子的玩笑，我一笑了之，我想，我哪里是随程家，我是在改变程家。

然而，程家的美好生活，我的如意算盘，实施半年不到，就被一个偶然事件一刀切断。那个偶然事件发生在我的大哥和公公之间，事件的核心内容是我的大哥在一个偶然的时刻里与他的亲家亲切握手。我大哥的亲家就是我侄女的公公。我因为是母亲孩子中最小的一个，与侄女几乎同龄。侄女的公公在另一个镇子上当交通助理，与我的大哥当年都是省机校的同学，多年来交往甚深。我的公公不了解这些，只看见我的大哥满脸带笑迎出去握手，于是心底大怒。那个周末，正赶上大庆暑假，我们双双从县城返回。我一如既往地在程家制造氛围，丝毫不知道我们的生活中潜藏着怎样的危机。

晚饭饭桌上，我依然坐到最后一个，当所有人都离开，我看见公公脸一点点红起来。公公转身从柜里拿出一个小酒盅，斟满酒递给我，说，玉贞，你把这杯酒喝下去。我觉出我的公公有些反常，但并没准确地觉悟出这反常的程度有多大。我说，不，爸，我不喝。我当时已经怀孕六个月。这时，只见我的公公酒杯一顿，噌一声站起，冲着我大叫，你也瞧不起我——你其实从来都没有瞧起我——我顿时懵了，我不知道公公何故说这样的话，我说，爸我怎么会瞧不起你，我怀孕不能喝酒，我……不，你就是瞧不起我，你们申家人从来就没瞧起我程有旺。公公的脸涨得通红，眼睛里的血丝有一种要脱落的感觉。

听到公公发火，大庆、大庆的妹妹，先后从屋外跑进来，从不插言的婆母对着公公大叫，想对儿媳怎么样，你个老死鬼。婆母说着，便呜呜地哭了起来，边哭边骂道：你个老死鬼，你不给我顺气儿，也不给儿媳顺气儿，儿媳怎么得罪你了？见婆母哭，我的公公坐下来，但他一点没有停止发火的意思，他继续吼道——
其声势比站着时还大，你们统统给我滚——
滚——我就跟玉贞讲话，我不要你们听——

　　我感知了公公的情绪只与我有关，便示意
婆母大庆不要管，让他把话说出来。大庆却毅
然在我身边的椅子上坐下来，大有为我坐镇之
势。我的公公说，我告诉你申玉贞，你大哥瞧
不起我，我去了半年，他没跟我说过一句话，
更不用说握手，可是，他见到他那个亲家可倒
好，满脸都是笑，还跑出去跟人家握手，屁！
我告诉你，我程有旺什么都吃，就不吃下眼食，
我不干了，你用八抬大轿抬我我也不干了！

　　当弄清公公发火的内容，我悬浮的心一点
点沉下来，我知道是我的大哥伤害了公公的自
尊。我说，爸，你误解了我大哥，他不会的，
与你天天见面，与他的亲家多少日不见，再
说……我想说，再说人家是同学。可是不待我说，
我的公公竟大骂出口，再说个屁，我就看不惯
势利眼的王八蛋，我程有旺是白给的吗，我也
是一个走南闯北的人，那年县长下去检查工作，

都跟我握手，他申玉成算老几？

　　我不知道那个晚上我是怎么度过的，我听到了我的公公骂我大哥最恶毒的语言。也许，王八蛋、势利眼之类词，在公公那里算不得什么，但对我大哥，这些词实在是恶毒之极。因为看到我的婆母在一边一直哆嗦着，因为感到大庆握我手指的手渗着冷汗，更因为理解了公公的恼火是由于极度的自尊所至，我强忍着流到心中的泪水，不但如此，我还故作平静地看着公公的眼睛，看着公公额头左右冲突着的头发，看着公公脖颈后侧血管的抖动——公公在最气愤时并不看我，而是回头去看山墙，于是后颈便呈现了表情。记得，我一直没有回话，没有离开座位，我还将左手握住了婆母的右手。是在后来回到小屋之后，我才趴在床上哭了起来。我的哭是无声的，我的抽搐在我的体内、心底。大庆感到了我的压抑，一直怂恿我哭出声来，说这样对孩子不好。想到腹中的孩子，我真的就哭出声来。我边哭边说：大庆，你知道我现在在想什么吗？我想孩子将来出生，绝不让他姓程家的姓。大庆先是不语，就像从前我批评他他总是不语一样，许久，见我身子有些抖动，大庆终于说话，爸真的就惹恼了你……不，不是……我说——因为特想表达，我的哭腔低弱下去。我搂过大庆脖子，说：其实，我明白，爸的愤怒，不光因为大哥没和他握手，那只是一个导火索，他是因为从去上班，大哥也没跟他谈过话。爸需要谈话，需要跟他重视的人谈话，就像他需要跟我谈话。我说着，深深舒了口气。我说，爸认为跟他谈话，就是重视他，就是重视他的意志。可是他不了解大哥，大哥向来不喜欢闲聊，那次上咱家，那是忍着性子。大哥喜欢将意志付诸行动，从不依赖别人。他十七岁时，我们的父亲双目失明，他在家里就承担了父亲的角色。大哥和爸一样，也读书看报，了解国家和世界的事情，但现在我感到，大哥和爸不一样，大哥会把学习生成的意志转换到生活中去，比如最早给母亲买的确良面料，最早给父亲买收音机，最早买电视，打压水井，大哥一直在改变现实，在现实中实现自己的意志，无需谈出来。而爸不是，他从没真正改变现实，从没实现过自己……

我其实并不知道我对公公的评价是否准确，只是因为一时气愤，发挥了一些想象，大庆的沉默，又使我在想象中引出一个无比愉悦的语言攻势。可是，说到这里，我却发现，另外一层因素不知不觉出现了，那就是，是否他一再努力而屡遭失败呢？这世界果真有着失败的命运呵！

因为看到这层因素，我的表达愿望丧失了许多，想平息由公公激愤导致的激愤，只有靠对公公的否定。可是那天晚上，我没能做到。因为不能表达，我的心口一直闷闷的直到天亮，竟至于后来，我对大庆的沉默生出强烈的不满，我多么希望他能跟我说些什么，来疏导我，就像电线中的地线，将电流引入地下。

也许，在人的情感中，确实存在不可逆转这种情景，也就是说，一种情感走入绝境，便不会再有逢凶化吉。那是一种伤透了的感情。

实际上，无论是公公发火的当时，还是表达着
的漫漫长夜，我一直都是理解公公的，即使有
过一念之差，不愿让腹中的孩子姓程家的姓，
我也没有恨过我的公公。可是，有一点，请读
者诸君原谅，经历公公骂大哥的事件之后，我
发现，我再也没有兴趣和耐心听公公说话了。
我不能直视他的眼睛，一直视，就感到有种说
不清楚的东西堵在心口。偶尔，在他的背影，
看见了他的后颈——发火那晚呈示了某种表情
的后颈，我都会产生一种莫名的不快。当我的
儿子出生长大，每月需剪一次头发，剪完后露
出后颈，露出他的爷爷后颈的神情，我就会在
儿子头发长长之前的十天半月里不愿看他。我
不知道这是一种什么东西，它如何就这么破坏
性地抵达我的内心。我想到一个女友，她的丈
夫酒后无意识打破了她的前额，她却从此不能
再与他同床共枕，任他给她下跪乞求都无济于
事。后来我明白，在人的感情里边，可能确实
有着破坏性的一击，它正中了人生的命脉，使
一些生命细胞迅速死掉，永无生还的可能。公

公对我的一击，是因为他骂了我的大哥。我爱
着我的大哥，崇拜着我的大哥，在我的一些人
生转折里，他是我的支点，比如最初他从省城
带回苏联作家法捷耶夫的《毁灭》，那是我上
小学时读到的第一部长篇小说；比如在我没有
一点城市阅历时，他开车拉我去北京游玩，那
是我第一次萌生长大离开乡村念头的地方。在
我与程家的婚姻中，大哥是持反对意见的，但
他更尊重我的感情，他接受我的公公去做门卫，
其实是对我的一份支持和体谅……第二天，第
三天，以至后来许多个周末回家，吃饭时我都
绝不抬头，也和大庆以及他的妹妹一样，吃完
饭赶紧离桌。由此我猜测，是不是在大庆兄妹
幼小的时候，我的公公也曾给过他们破坏性的
一击，才使他们永远选择逃避？我知道，我的
逃避，对于公公，是残酷的，我毕竟是他苍老
心灵中唯一沟通的指望。可是，让我面对他听
他说话，已经再难做到，就像他的儿女再难做
到一样。这与亲情无关。

　　一些年过去，当有机会回过头来面对往事，

想到那个火热的春节和并不火热的后来的饭桌，我心里常常会生出一丝歉疚，生出对不住公公的感觉。怀着这种感觉，我曾认真地检点过自己，可是检点来去，我发现，除了我不该记恨他骂大哥这件事，我没有什么错误，而记恨，那是感情上的事物，不由理性支配，我没办法。怀着对公公的歉意，我曾试图偷偷破译公公生命的密码，我在想，是什么东西导致他的暴躁、他的强烈的自尊、他的善于言志、他的渴望沟通？除了婆母不像我的母亲，能给日子营造一个舒适的氛围，建立一种秩序，让他的心灵拥有一块生长的土地，是否还有别的什么原因，比如前边说过的，他一再努力而屡遭失败的命运因素，或者，他是因一再努力而屡屡失败，才需要言志、需要理解、需要一块滋润心灵的土壤？为此，我到过公公曾经工作四十多年的县城城郊，那里离文化馆不远，坐落在一个低矮的山包下，十分僻静。那里叫光明山供销社。与其说是城郊，毋宁说就是一个山村，比我的婆家居住的地方还要荒芜。那里已经濒临倒闭，门半遮半掩着。可以想见这个供销社在计划经济时期的耀眼和热闹，但再热闹，我也无法触及一个男人撇家舍园在这里一连工作四十多年是一种什么样的情景，他的理想、他的情感，如何载浮在他孤寂、单调的日常工作上。新任供销社主任是在镶有暗玻璃的厢房里找到的，是一个三十岁左右的年轻人。问他知不知道程有旺这个人，他信口就答，那怎么不知道，是我们退休的老职工。我说他在这儿工作四十年，有没有什么业绩，我是电台记者，要做退休老工人的节目。听我这么说，那年轻人嗤一声笑了，一个营业员能有什么业绩，不贪污挨批就不错。我蓦地愣住，你说他贪污挨过批？年轻人再一次笑了，跟你打比方，我也是刚来的，我哪知道他的事。

　　那是一次毫无收获的走访，因为没有收获，我的积极性在后来的日子里迅速消失。我就是这样一个人，兴奋点总是在瞬间产生瞬间消失。后来，当我回家次数逐渐减少，探寻公公生命奥秘的好奇心也就被隔在了九霄云外。

事实上，我跟公公之间的对话，并不是从此就没有了。再一次跟公公对面谈话，是在公公骂我大哥事件发生一年半多之后。那时我的人生道路走出了一个相当的长度，我生了孩子，大庆毕了业，我因为小说创作得到良性循环，文化馆分给两间平房。刚有房子，掩饰不住激动，我们以孩子需要照顾为由把婆母接到家中。婆母这时节十分消瘦，患有很重的胃病，一张嘴就要打嗝。她的好动和打嗝，深受我孩子的喜欢，动辄就引得孩子嘎嘎大笑。在领婆母去医院看病的路上，婆母第一次向我控诉公公，她说俺这辈子，最大的欢喜，就是不跟老鬼在一块儿，一在一块儿，心里就闷，就有病；她说俺们俩犯克，是死对头，他一回来，俺就觉得尾巴根都有人拽着。婆婆手在屁股后边比划了下，之后继续说，俺就这样的命，俺的命是什么，就是地上的草梗，谁想踢就踢一下，想踩就踩一下，动时给你向天踢个高，不动时就把你踩在脚底，和老死鬼结婚四十多年，他就从没给过俺顺气儿，你说俺怎么就欠了他，一欠就欠一辈子。婆母说着，动了感情，噪眼哽噎。我说，妈，爸就那样的脾气，知道了就没有什么了，你别往心里去。我本是在找话安慰婆母，可是，我刚说到这，她转过身，看着我，深陷的眼窝里闪着光亮，玉贞，你真是这么想的吗？你真的是这么想的为什么不回家去看看他？他在家像个疯子，东一头西一头，哪儿都不顺眼。婆母的噪眼再次哽噎，她说，玉贞，看在俺一个老婆子的面子上，你回去看看他，不光是看看，多和他说说话，他就愿意和你说话……这时，我被婆母深深打动，原来她控诉公公并不只是为了一吐为快，而是一种攻关手段。

　　我不知道是不是看在了婆母的面子上，在我的印象中，婆母从没向别人提出任何要求。借送婆母回家的机会，我回了一趟婆家。晚饭时，我像以往那样，微笑着给公公斟了酒，坐在公公对面，看着公公的眼睛。这时，我注意到，我的公公已经相当苍老了，他的眼袋低低地垂挂在脸上，双鬓的白发恍如刚刚落过霜花，他的目光不再飘忽、游移，但其间笼罩着很深的忧郁。许是对我的做法缺乏心理准备，公公有些激动，眼角一直颤巍着，说不出话。他看着我斟满酒的酒杯，迟疑很长时间，才发出声音，他说，我……我不喝酒。因为害怕酒精引发心底最真诚的表达再度伤害我，他居然坚决拒绝喝酒。我的眼帘突然热了起来。但我没有逼他喝，我也惧怕他说出心底最真诚的话，我不想使我的情感细胞继续死亡。

依我的推断，公公是会向上一次的无理道歉的，在这因为他骂了我的哥哥而使我长期躲避与他面对后的第一次倾听里，我想这是一个必不可缺的前提。为此，我也准备了宽解公公心绪的语言。我是真诚的，自从我的婆母求了我，不安就一直伴我独行。我想告诉公公，没什么，你是长辈，你有资格骂晚辈。这并不是我的真实想法，我的真诚并不是我要说出我的真实想法，而是我真心希望我的公公放松心情。可是，公公推开酒杯，平稳一下心情之后，脸上溢出笑。

公公微笑着，看着我，忧郁的目光中无端地有一丝光闪出来。公公说，玉贞，我已经定下来，八月十五，给你的爷爷奶奶合坟，你看怎么样？

　　我初始没有反应，如果说公公对我的回来没有准备，那么我对公公说出这样的话更是没有准备。我愣怔着。公公说，不管人死了有没有灵魂，我准备把老人合到一起。明年过年，我也准备往家请宗谱。这时，当公公说出往家请宗谱，我想起新婚第一个春节被公公严正驳回的建议。我不禁有些惊讶，为了寻求跟我的再次沟通，为了弥补他对我的伤害，我的公公居然在逝去的父母身上打开缺口。

　　说心里话，我是在封建家庭遗风熏染下长大的孩子，我对我们申家"文革"之后回归的供奉祖宗的传统家规心存虔诚，但我从来没想以此影响别人。那一次的建议，完全是信口开河，是想改变程家的野心所致，它表达的是我的激情，跟是否真正供奉祖宗没有关系。现在，我已没有了这个激情。当然，这不重要，重要的是，我们可以认为祖宗是人的血脉、根源，它会时时提醒我们，让我们知道我们的来龙去脉，但我们也完全可以是彻底的唯物主义者，坚决不信不追寻来龙就一定会迷失去脉。我尊重的是一个人会把一种信念坚守到底。我说，爸，不，我那是信口开河。你不必听，你想怎么做就怎么做。

谁知，我这么说，公公脸上的微笑瞬间消失了，忧郁又回到他深赭色的瞳仁里。玉贞，你说这话，就是还生我的气，我当然是想了很多才要这么做的，你是咱家我最看重的人，我当然要听听你的意见。

为了接受公公的道歉——我宁愿把公公的举动看成一种道歉，我表示了赞同，我不但表示赞同，还申明所有费用由我跟大庆负担，大庆是长子。那天晚上——又是晚上，在乡下，只有晚上才可不计吃饭时间长短。那天晚上，公公虽然没有喝酒，但也说了不少话，他问了我和大庆的工作情况。我告诉他，大庆因为学过舞台美术，他做的电视片受到专家一致好评，我还告诉他我的小说获了省政府奖励之后，工资提了三级，并破格评上中级职称。我的公公默默地听着，灯光下，脸上呈现着我结婚以来少有的平静。

应该承认，我的激情，我的想在程家建立一种生活秩序的激情，并没被我公公的顺应和鼓励重新唤起。这不能全怪公公一年半前那次伤害。那伤害只是一个契机，它只是让我像一个烧热的铁杵落入冰雪一样冷却下来，使我从此变成一个局外人，能够客观地看到，想改变程家，就有被程家改变的危险。在一次朋友的聚会中，讲到程家的生活我喋喋不休，我的朋友说你怎么像个长舌妇。朋友的话深深地刺激了我，使我长时间不敢再想程家的事。当然，真正使我能够局外起来，旁观起来，还得感谢孩子的出世，小家的建立。有了自己的小家，有了自己的孩子，才真正懂得，我们完全可以建立起属于我们自己的、跟程家毫无关系的生活氛围和秩序，这种氛围和秩序，当然不是蒸年糕，不是请客，不是挂宗谱，而是夫妻相互的体谅，对双方朋友的敬重，对双方老人的孝敬，对双方事业的支持。这一切，都是程家以往日子中所没有的。

在很长一段时间里，我想，我是确实丧失了改变程家的热情，偶尔哪个周末回家，给公婆带回些好吃的，似乎是唯一的目的。我们，尤其是我，不再参与打扫卫生的劳动，不参与做菜做饭的劳动，不参与对家里一般事务的意见，我跟孩子客人似的，借着霞光，到堤坝，到海港，走走看看，呼吸呼吸野地的芳香，海风的咸腥，落日时分，回到饭桌上。对婆母的一惊一乍，对公公的满口雄言大志，都能视若不见，充耳不闻。可是，我半点不曾想到，那一年的八月十四，在公公要给他的父亲母亲合坟的前一天，我竟做了三件大事：给程家的先祖买了一个桃木骨灰盒，为程家后人每人制作一只白花，从县剧团借来了播放哀乐最好的录音机和录音带。在做这一切时，我心中一直想着奶奶去世时隆重的殡葬仪式，那时我体会到殡葬仪式的神圣意味，活着的人，会通过漫长的亡灵升天的过程，感受生死两界的相依相扶，咫尺天涯，体会活着是如何重要，死又是如何完美。是在八月十四晚上，出去拍片的大庆回来，看到准备好的一切抿嘴冲我满意地笑了时，我才发现我是怎样的不可救药。

然而，八月十五这天，当我们带着这一切回到婆婆家中，我竟目瞪口呆惊讶万状，程家的院子里摆放着五彩缤纷的纸物品，衣柜、五斗橱、电视机、洗衣机。在靠近院子门口的地方，居然还有一辆真轿车一样大小的纸轿车，这还不够，大街榆树下的凉棚里，一帮笙、管、笛、唢呐的吹奏者，在贴有"为程昌盛、柳淑枝二老合葬"的横幅下，涨红了腮帮猛鼓猛吹，院子里、大街上围满了看光景的人。我和大庆、孩子从一辆租来的五十铃下来的时候，我的公公在人群里隆重出场。他神采奕奕，略微突出的眼睛亮亮的，一点看不出曾经的飘忽、游移和忧郁，他在人群中接过他的孙子，然后在前边引我们前行。当时的感觉，如此隆重的仪式不是为了死人，而是为了活着的人的意志，我是说，当我发现我的从不迷信的公公终于迷信什么，终于将自己的意志付诸行动，我心底里起了一丝由衷的敬畏。

只是，有一点我不太明白，他如何就这么快的，有了如此翻天覆地的变化？如果仅仅为了调解跟我之间的关系，他大可不必这般兴师动众，如果他真的想在程家实施传统教育，以往那么多年都干吗了呢？是在合坟盖棺，公公亲自朗读他写的祭文的时候，我才茅塞顿开。公公念——公公的声音是洪亮的：家父程昌盛、家母柳淑枝，今天，儿子程有旺给你们合葬，你们在县城工作的孙子孙媳也在百忙之中赶回来给你们培土，程家出了有学问的干部，是你们的德星高照……

我想起那个平静的、我汇报着我和大庆成绩的夜晚，我相信，就是那个夜晚，我的公公，从心底萌生了一种骄傲，他为有了自学成材的儿子和儿媳而骄傲，他于是在原来的计划上又做了重新修订。一个人，只有有了业绩，才肯堂堂皇皇地面对列祖列宗。

然而，我感到，当他做完这一切，他从中

获得的，远不止这些。

半月之后，从没到过我的小家的公公独自来到我家，并一进门，就说要在这里住几天。我当然高兴地迎接公公，并说太好了，应该住些天。但心底里却不由得感到紧张。我的紧张，不是担心他又要说什么，而是担心工作太忙，又要送孩子又要写作，没有心情伺候他。然而，我的公公在住下的几天里，一点没有客居的感觉，我们上班，他买菜做饭，主人似的。公公在住下的几天里，每顿饭都要坐定桌旁，跟我们讲给父母合葬那些日子的前前后后，讲他如何选择扎纸饰的艺人，他说他跑遍了海边渔村，辞掉一个又一个；谈他如何把要去给另外一个亡灵送葬的吹鼓队挖来，他说那些吹鼓手听说是给老人合葬还要花这么大代价，纷纷拱手佩服。谈到佩服，他便有少许的沉浸。公公逢吃饭必喝酒——只喝一小盅，逢喝酒必讲合葬，逢讲合葬必有少许的沉浸。最初，我以为他又要流泪，可是，当他沉浸少许，抬起头来看着我和大庆——在我的小家，大庆也习惯了做他

爸爸的听众，他说，怎么样，你们觉得我这儿
子还行？！我才知道他的沉浸，是在体会自己
的成就感。我说我都没有想到会那么隆重，爷
爷奶奶地下有灵，一定会非常高兴。这时公公
用手抹了一下鬓角，瞳仁里蓦地闪过一道诡秘，
你爸我从不迷信，可是这桩事做完，不知怎么
就觉得心里那么踏实，走起路来都觉得有劲儿，
你们说人死了难道真的有灵魂？

　　我无法确定人死了是否有灵魂，但那一时
刻，我绝对相信，我的公公的踏实，跟他为他
死去的父母创造了一项业绩有关，这业绩对他
的父母也许有意义，也许没有意义，但对他，
却具有划时代的意义，它让他平生第一次拥有
将意志付诸实现的成就感，尽管这意志的生成
一点也不神圣，然而，成就感在公公身上萌生时，
却是十分神圣的，因为我一直不能忘记公公在
县城我的小家酒后的意满志得，一直不能忘记
那之后他在另一件事情上表现的态度。

　　那时周而复始的日子又驶出长长的一
轮——日起日落，从白天到夜晚，日子总是周

而复始。可是我们所经历的那貌似一成不变的生活，在我们的心灵进程中，总是悄然地发生变化。这变化，不是指我刚发表了作品，又陷入了对艺术新的困惑——创作的困惑，总是不间断地伴随着我。我是指我的小镇上漂亮出众的大姑姐姐爱上了一个与我公公年龄相仿的男人。她撑不住公公知道后的声讨，来到我家，要我回家做公公的工作。我那漂亮的大姑姐姐低眉垂眼跟我说，咱爸不是一个保守的人，他也早就看不惯你姐夫，可是这回不知怎么就这么跟我过不去。对于爱情，无论在什么样的情况下，我都能给予最高贵的理解，因为在我刚刚懂事的时候，我心中最美丽的故事，就是我的国民党高级将领舅爷为了在机场等待他的情人，被共产党捕获死于抚顺监狱。奶奶讲述这个故事的时候，说我的舅爷是世界上真正的英雄。我怀着对大姑姐姐的同情，也怀着对公公的信心——公公曾说过脑瓜要开放。可是，当我信心十足回到家中，不等我张嘴，我的公公就用语言将我撞到南墙，玉贞，什么都别说了，没用！我才乍乍乎乎扎车扎马几天，村前村后哪有不知道的，你让我还有什么脸面见人？！告诉你大姐，要离婚，就永远别登我程家的门，我不认她是我程有旺的闺女！

为了做通公公的工作，我断续地回家几次，可是每次，都只说他扎车扎马轰动了十里八村，他程有旺没有脸面，而不提扔下孩子是多么可怜，不提伤了孩子就是伤天害理。在我看来，要说还有什么理由，这便是一个最最有力的理由。

说心里话，在那样的一段时间里，我是一个十足的两面派，我一面告诉大姐，我深深地理解她的痛苦，一定要坚持住；一面在心底里暗暗欣赏公公的坚守，因为我看到，他的信念来自于由虚妄的成就感而带来的自信的力量，他在我和大庆面前一遍遍提到程有旺，似乎是合葬，使他的名字在他的心灵世界站立起来，这对公公十分重要，这表明他正在使程家的日子有着自己的氛围与秩序。

我不知道我在劝说时，是否在语气上透露

了对公公态度的欣赏和支持，我的公公曾一度经常往返在小镇与县城之间，申诉他对大姑姐姐离婚事件的态度是他往返的初衷，将大姑姐姐闹离婚归罪到婆母没有教育是他往返的结果。他总是在中午下班时准时来到我家门口，进门后将大姑姐姐骂一通，将婆母控诉一通，吃一顿简单的午饭，再跟我们一起离家。公公的步履激昂而坚定，充满一种力量。每一次，在县城保险公司的后面，望着他远去的背影，望着他一点点被距离模糊了表情的后颈，我的心里，都有一股说不出的滋味。

也许，任何事物的到来，都得有个时机，对公公的进一步了解，还是通过我的大姑姐姐。

一些时候，当你想从什么事情当中超拔出来，其实就证明你已经陷了进去。比如我一直以为我已经可以旁观程家的事，可到头来我的大姑姐姐竟住进了我家。那时她离婚初获成功，而对方离婚还悬而未决，她无处可去，住进我家。在发生离婚事件之前，我和我的大姑姐姐是从来没有交流的。就像一个对同性永远不感兴趣的女人一样，她的漂亮，永远排斥着同性的兴趣。在我有过一些人生经历之后，我知道这样的女人最让男人疯狂，她们对同性封闭得如一块坚冰，她们对异性开放得如火山喷岩，我一直以为这样的女人同时会去爱很多男人而不会对某一个男人忠贞。她曾经是我爱上大庆的一个十分缥缈的原因，以为出这样漂亮女子的人家便会有漂亮的教养——我曾经用漂亮来修饰教养，其实漂亮和教养毫无关系，我当时所指的是优雅，事实上，漂亮和优雅也没有关系，是我当时以为大姑姐姐优雅，走起路来摆腰扭臀，后来我知道那叫做作。当我与程家无中生有地有了亲情关系，了解到与我想象的教养相去甚远，大姑姐姐的婀娜多姿在我眼里，也就绣花枕头一样外秀内空了。她让我不能生出喜欢的致命一点，是她看我时，目光老是躲闪，她的躲闪，不同于公公最初的飘忽、游移，是不自觉的状态，她的躲闪是自觉的，仿佛来自于某种心理暗示的障碍，我曾把这一切归罪于婆母的教育，就像公公把她的离婚归罪于婆母的教育。后来我知道，她是因为没读多少书，在我面前自卑的缘故。许是在大姑姐姐的婚外恋情中，我说了那么多她在别处无法听到的同情、支持的话，让她了解到她的人生经验与我的思想有着某种契合，她看我时不再躲闪，并裸露了爱恋。在我家居住的那段时间里，我的大姑姐姐断续向我讲述了她对那个在镇包装制品厂做厂长的男人的感情。她说，这是她遇到的男人中，唯一要嫁的男人。她说他人长得不帅也不威武，但他有学问有口才，跟他出差，她会时时为他的谈吐感到骄傲。关键是，他懂爱，他会把你的心掏出去，他掏出你的心，却不像别的男人，让你的心晾在那儿，他不，他不管走到哪里，都把你的心揣在他的心口。她的表达，让我进一步验证了女人是多么长于体会爱情，爱，真的就是一个伟大的课堂。我想，我的大姑姐姐描述的情景，无非就是那个男人不管走到哪里都给她打个电话，那时已经盛行大哥大，那个男人又是小镇上的特权阶层。因为一点点地，真的被大姑姐姐的爱情感动，因为从大姑姐姐谈男人的眼神中看到了凄苦的相思，我竟私下里给那个男人打了电话。

我真的一点不曾料到，这个男人来到我家会同我的公公相遇。当我中午回到家里，我的公公和那个男人恍如两只斗架公鸡。只听我的公公大声吼着，你对不起我们程家祖宗你破坏了我程有旺的名声。那个男人看上去，一点也不比公公年轻，下颏长着浓密的胡须，但他的额头很宽很亮，张扬着男人的气息。他没有回话，眼睛直直盯着我的公公，仿佛一个宁愿受伤绝不反击的战士，目光中蕴含着屈辱和不安，而我的大姑姐姐站在里屋，一副惹了大祸不知所措的表情。

很显然，我的公公是像平常那样，从小镇来我家散心的，他以为我的家门大开是我和大庆回来了。我进家丝毫没有减轻公公的怒气，非但如此，当我放下背包，站在里屋和外屋之间，我的公公竟然像球星看到他的球迷似的威风大振，他向门里走了几步，让出门口一条缝隙，然后指着那个男人，厉声道，你给我出去！你给我出去！公公的嗓音是沙哑的，像漏了气儿的塑料袋。这时大庆从门口进来，他在门口停留片刻，弄清楚发生了什么，立即对那个男人说，井厂长，外边有人找你。那男人借机赶紧溜掉。当我明白大庆是情急之下给那男人找了台阶，紧张的神经立时松弛下来，我感激地看了一眼大庆——这是我跟他结婚以来他干得最漂亮的一件事情。可是，就在这时，我的公公扭转身子，迅速向外走去，任我和大庆怎么叫，都无济于事。

显而易见，我的公公不是去撵那个男人，而是生了我们所有人的气。公公和那个井姓男人走后，我的大姑姐姐捂住脸，委屈地哭了起来。

那个中午，我和大姑姐姐谁也没有吃饭，大庆只吃了点剩饭就上班去了。在程家的事情上，大庆越来越像一个旁观者，而我倒越来越像是程家的人。为了使我的大姑姐姐不至于过于难过，那天下午我没有上班。我劝她到护城河走走，她坚决不去。为了宽解她，我引她说话，就像给汪洋的洪水掘堤改道——她心中积淤了千头万绪，需要一点点引出。我说，对不起，都是我不好。她摇摇头。我说，没关系，他不会怪你，也不会怪爸。她还是摇摇头，泪如雨下。我说，背叛，总要付出代价，就像要奋斗就会有牺牲，得认。我最佩服的人就是敢于背叛。不知我的话真的起到了改道的作用，还是见我怎么说都说不到点子上，大姑姐姐抬起头来，眼泪汪汪地看着我，说，玉贞，我不是为了这些，你都是为了我好，我也从来没有怀疑过井厂长，我、我是怕爸回家又冲妈发火。你知道吗，儿女的错误，他都记在妈身上，你结婚之后，妈刚得了一点好……

在这样的时刻，大姑姐姐想的不是自己，不是井厂长，而是她的母亲，我心里有了小小的感动，当然，更让我感动的，还是后来……

那天下午，由我的引发，大姑姐姐讲了许多跟公公有关的事情，这在我毫无精神准备。因为这时节，我对我的公公究竟是一个什么样的人已不感兴趣，我感兴趣的是她跟那个男人的感情如何达到如此之深。然而，大姑姐姐只字不提那个男人，她从父亲的脾气一直说到她和她的母亲多年来的委屈。

　　我的大姑姐姐的诉说是流畅的，就像写作者进入一种叙述语境之后的流畅。她说爸和妈结婚，是经人介绍，妈年轻时相当漂亮，奶奶去世后爸的家没人照管，就为了三间房子娶了妈。爸最初不是一个有脾气的人，在我十几岁以前的印象里，他一心扑在工作上。他很少回来，每次回来，都能带回奖状和奖镜什么的，那时爸爸在我们心中，很了不起。他回来，在大街上站站，到海港边走走，能招来那么多庄稼人的眼气，他们老远就喊，你这辈子行了，不用泥里水里了。爸爸每次回来，都穿一件很怪的衣服，后来我们知道那叫夹克。他两手抄在兜里，很少跟人说话，他是一个天生话少的人，大庆就像他。他回家一站一落，住一个晚上就走，就像这个家只是一个旅店。妈妈也从不要求他，很知足，似乎找一个公家人，不跟她找事，就是最大的知足。在我们很小的时候，爸还往家交点钱，十几岁之后，他就不怎么交了。

那些年，在我们心里，觉得家里有个男人、有个爸爸，是自己的爸爸，交不交钱好像并不重要。可是，到我十六岁那年，情况不知不觉有了变化。他回家的次数明显多了，再也不往家拿奖状了，并且每次回来，都挑三拣四，玻璃也脏了，柜子里也乱了，奖镜太旧不该再挂了。爸爸的变化，我和妈妈都看得出来，妈妈跟我说，他工作干得不顺心，没看都没有奖状了，咱不惹他，你就帮我把家好好收拾收拾，让他回来看了舒心。可是，当我白天干活，利用晚上时间收拾家，把奖状统统拿掉，镶了照片，他回家来，又说土里土气，城里人从不把墙贴得太满。有一回，我常记得，他从外边一回来，就叫妈烧一锅开水给大家洗澡。你知道乡下人一年的灰都只有攒到夏天才能到河里洗一次，根本没有在家洗澡的，妈不烧水，他就骂她王八蛋没有出息，逼妈烧。妈顶撞他，他就没好气地骂了妈，那是他第一次骂人。再后来，他从外边带回半导体收音机，放广东音乐《步步高》给我们听，可是在他不在屋的时候，大庆因为好奇一下把什么地方弄坏了，这回可倒好，爸爸大打出手，边打边骂一群畜生，没有教育的畜生。妈疼孩子，扑过去拽住大庆，并也来了火气，说男人有本事往外使，凭什么往孩子身上使，是我养大的孩子你没有资格打他。妈说这话，就是一时气急，并没想很多，可是就这句话，惹恼了爸爸，他挥手一掌，扇在妈妈脖颈上，当时就起了一道红印，我，大庆，小妹，一起抱住爸爸腿，让他别打了。看着我们，看着愣在那里的妈，爸身子哆嗦了。看得出，他没想打大庆和妈，他打过之后就后悔了，他想不到会把事情闹这么大，但是，他没有给妈妈道歉，一气之下离开家门。临走，把半导体砸了个七零八碎。

那之后，爸爸好长时间没有回来，那一年过年，不得不回来，他没有再挑三拣四，没有向妈和我们提出什么不合情理的要求。好像妈妈的话真的管用。但从那一年过年，爸爸开始喝酒，一喝酒就把我们叫到桌边坐好，给我们开会。他说你们都是我的孩子，我不能再不管你们，我要让你们懂规矩有教育,别像你们的妈，野鸭子似的；他说大庆要好好念书，要有出息，我当初要是算盘打不好，也还是庄稼人；他说要不你们去访访，我算账从没出过错，我卖布分毫不差；他说春天下乡送化肥，农民们认识他，都往他兜里揣地瓜干。爸爸说这些，也就行了，我们已经能听出当工人比农民高出一等了，可是不知道为什么，他在讲到农民给他送地瓜干时，总要跟一句他从来没要过农民东西，并提前准备一些饼干再和地瓜干返给农民。他一说到这节，妈和我们就不爱听，大庆和小妹的手就在衣兜里乱抓，心想他从来没给我们带过饼干。妈这时就没有好气地离开桌子，假装外边有活躲出去。起初，我们并不反感爸爸的讲述，我们的家里空落了好多年，从来没有一个顶天立地的男人向我们讲述他顶天立地的事迹，尽管他的事迹并不能证明他的顶天立地，但在我、大庆、妈妈眼里，毕竟很新鲜。可是后来，爸老重复，尤其重复饼干的事，我们反感了，我们一个个溜出去，开始是妈，后来是小妹，再后来是大庆，最后，才是我。我其实在为他们做掩护。可每次，他们都能真正逃走，就我逃不走，我一站起，爸爸就要我坐下。有一次，爸爸叫我坐下，爸哭了，爸说，你爸没用，你爸没用呵。爸爸才刚说自个很能，现在又说自个没用，我觉得有点怪，不敢吱声，见我不吱声，爸又不哭了，瞪起眼珠，冲着我，你怎么不说话，你难道真的认为你爸无用？真的？

　　我，我们，还有妈，都不知道爸想干什么，为什么这么反复无常。我们谁也没有跟他顶撞、辩理，谁也没有说他没有资格对我们这样。可是，我们的对抗是无声的，从此他只要回来，吃饭时我们很少上桌，即使上桌，也三口两口扒完碗里的饭赶紧走掉，可这倒好，他喝了酒无处发作，就发作到妈身上，就说天底下没有妈这样愚昧无知不会过日子的女人。自他打过妈，妈再也不反驳，任他怎么说。

　　妈确实是一个不愿待在家里的女人，可你想，妈是个遗腹子，一出生就没有父亲，姥姥怀妈嫁给姥爷，又连生了三男两女，姥姥姥爷都不得意妈，八岁时，她就被撵到山上拾草。

姥爷家在大山沟里，夏天青草，冬天枯草，一年四季有草拾，因为妈小，不愿干活，姥姥逼妈干活，从不直说，就说西大沟有布谷鸟叫了，你还不拿网包耙子去看看。妈一听，就高兴，就背着网包去了，天长日久，家就再也圈不住妈。我十四岁跟妈下地干活，知道那种滋味，外边天高地远，明光锃亮，躺着坐着，心里都暖洋洋的，不像家，像监狱。妈找了爸，是公家人，家里没有温暖，她当然不爱回家，那年爸回来挑三拣四，要求妈收拾家，妈其实是高兴的，她说可到底有人管着我们了，可不几天就又变了卦。他从来没有体谅过妈，没有说过温暖妈的话。我十九岁，追求我的人很多，夜晚在门口聚堆等我看电影，他回家遇上，就把妈又嚼又骂，骂完妈，就逼我赶紧离开这个家。我赌气结婚，是不应该，可是都为了他不再骂妈。这次离婚，实际上没有必要做他工作，那是我自个的事，大不了不回那个家就完了，可是妈的命太苦，我怕他跟妈过不去……

　　这几年，你来到程家，爸换了一个人一样，

他有了一个有出息的儿媳，又带出他的儿子大庆，他真是乐，你又有学问，和他能说上话，是他的福分，也是妈的福分。爸那么看重你，可这一回，他却发现你也帮我和井厂长，他……

　　大姐的话，给了我太多的意象，公公的自恋、自卑、粗暴，婆母的忍耐、坚韧、劳苦，这样一对夫妻带给儿女的不幸；我似乎隐约懂得公公对儿女和妻子的致命一击，当他的亲人们发现，救济不相干的劳苦大众的饼干没有往家里带过一块，亲情的细胞便在信息的不断接受中一点点死亡。但我不能懂得，我的公公为什么会这样？

　　疑问产生在不该产生的时候，因为听完大姑姐姐的那番哭诉，我清楚地感到，有两个女人的形象在我的心中站立起来，一个是婆母，一个是大姑姐姐。在此之前，我一直觉得我不喜欢她们，我以我们申家人的修养排斥着她们，她们虽然都是大庆的亲人，却从来没有在我的心目中有什么位置。实际上，就如电影的幕后英雄，她们是最无声的奉献者。她们的站立，还在于她们的奉献从不让人感到奉献的存在，她们奉献了，从没想建立奉献的丰碑，以至使我和公公对她们百般挑剔。悟到这点，我急着要做的唯一一件事情，便是立即回趟小镇，制止公公将怒气转嫁给婆母。

我一边穿衣服，一边把心底的想法告诉大姑姐姐，她感动得眼圈再次变红。可是，当我带着小跑迎着晚霞来到车站，跳到最后一辆车上刚刚买票，就见一个熟悉的身影从车侧身一晃而过。我急忙叫司机停车，快速跳下来，我看见了略向前倾的呈现着焦急表情的后颈，我喊了一声爸。我的公公转回头，一看是我，惊讶道：天快黑了，你上哪儿？我笑了，我说我不上哪儿，不放心你，想回家看看。公公下垂的眼袋颤了一下，脸立时升出一轮明亮，玉贞，怕你生我的气，我又回来了。

我说，不，不生气，我理解你。说着，心里被什么说不清楚的东西洇湿了。

公公说，不生气就好，我，我回去了。公

公说着，又转回头。我说，你就不要走了爸。这时，汽车上的售票员冲我喊，走不走啦——猛醒之后，我将车票掖在公公手中，送他登上了返回小镇的汽车。

当我回到小家，把这一切告诉大姑姐姐，她长久哑言，那样子好像不信我说的话。后来，我又重复一遍，说这是真的。大姑姐姐说了一句意味深长的话，她说，爸这些年，如果有你这样的儿女，也许不至于是后来这个样子。

应该承认，大姑姐姐的讲述，使我探究公公生命奥秘的兴趣再一次被燃起。我的兴趣不在他如何在乎我，而是二十年前他为什么突然地萌生了强烈的自恋、矛盾，为什么把衣兜里的饼干分给别人而不是自己的亲生骨肉。大姑姐姐叛逆工程宣告结束，离开我家，与那个井姓男人走到一起之后，一天黄昏，我和大庆骑车载着孩子，再一次来到县郊光明山供销社旧址。大庆不知我的用意，以为仅仅是一次郊游，他说，我们应该经常这么出来走走。可是，当

我下车,径直朝供销社走去,大庆警觉地喊住我,
那是爸的单位,早都黄了,你到那儿干什么?
我没听,继续朝前走,希望在四合院里,遇到
一个打更的老者。可是,四合院被一只大锁紧
紧地锁住,里边毫无响动,荒草疯长在院子四周。
院子静若隔世,瓦房后边,村庄的上空升起袅
袅炊烟,罩住了更远处的县城,晚霞满天,云
花被染上了绚丽的火红,天边回光返照的光亮
在弥漫,倏地,又暗淡下去。我回转身,摇摇头,
长久地看着孩子和大庆。那一瞬,我有一个感觉,
大庆知道这里发生的一切,因为他的视线与晚
霞的光线、我的视线突然交织在一起的时候,
我发现大庆脸上呈现了一丝转瞬即逝的伤痛。

那天从城郊返回后,以至后来好长一段
时间,每到晚上,我都要大庆讲讲他的童年,
他童年时心中的爸爸。可是,我一提童年和爸
爸这样的字眼,他就恼火:你脑神经是不是有
病?!是这时候,我才发现,我与大庆结婚这
么多年,除了那次私闯程宅,他告诉我他爸在
我走之后大发其火,就再没有向我透露丝毫与

程家过去有关的事。在程家向我打开的切口里，他没有给我挖哪怕米粒大的缺口。不过，我毕竟不是一个琐碎的小妇人，我知道应尊重一个人对某些事物的沉默。

时光真的犹如一只短箭，它在穿云破雾、层层洞穿着我们不可预知的未来的同时，将一个一个隐在我们命运当中的机会可感可知地呈现在我们面前。那一年秋天，大庆的反映农村老人在儿女家轮流抚养的纪录片获亚广联大奖，市电视台看中大庆，要调我们进城。对于我们，这可以说是天大的好事，我们一直这么默默期盼着，却从来没敢把它说出来。大庆在他的作品获奖时，并没告诉我，是市里来人找他的领导谈话，他的领导又找他谈话的时候，他才向我泄露秘密。得知信息，我第一个想到的，不是我的父母哥嫂，而是我的公公。那时，我清楚地看到，我一程一程远离了申家，正应了嫁出去的姑娘泼出去的水的古训。

记得，那个周末，我撺掇大庆一起回了一趟小镇婆家。我们有了孩子也曾一起回去过，但那与现在不同，现在，我们的回乡，有一种衣锦还乡的味道。我都能感到大庆临近家门时掩饰不住的喜悦。我的作品也曾得过奖，可是没有谁想到要调我。事实上，我的喜悦胜过大庆的喜悦，因为我比大庆更能体会他的爸爸多么在乎程家的体面。我在心底细细构想如何向公公汇报——大庆与他的父亲从不对话，这一殊荣注定落在我的身上。可是，当我与大庆走进家门，一个场景的出现，一下子让我彻底丧失了汇报的愿望。我们看见，我的公公，正在与大姑姐姐的新夫、井厂长交杯喝酒，他们在土炕上盘腿大坐。井厂长一声不罢一声地叫着爸，我的公公一声不罢一声地叫着女婿，其热情、热烈的场面与几个月前在我的小家反差太大。我和大庆在进屋的瞬间，不知道应该做什么样的表情。

见我们回家，我的公公赶紧要婆母拿酒杯来。我和大庆都没有上桌，我想，大庆的不悦，除了他不是十分接受这个与他父亲年龄相仿的男人，不喜欢看到他的父亲喝酒，深层的原因，我俩是一样的，我们希望我的公公把他强硬的态度坚守下去。他可以允许女儿女婿上门，他甚至可以在心里支持他们的婚姻，但他应该始终是淡然的、冷漠的态度，只有这样，他才会让我们看到，他在程家日子中真正实施了他的意志、他的过日子的法则。

奇怪的是，我的公公并没理会我们是否上桌，他根本没有从他与井厂长的谈话中走出来。他说，立夫——他叫了井厂长的名字。我早知道你的名字，你是厂长，不过，我程有旺不看重这个，看重你是有见识的人，是个文明的人，大丈夫行事，论是非，不论利害，论顺逆，不论成败，论万世，不论一生。你说呢。井厂长说，岳父，成败得失，当然不值一提，我们就是要做文明人。你那时在县里工作，回来路过街道，遇到熟人一路握手，谁都觉得你有见识，文明，我们那时看你就像看见城市人。公公说，别提那时了，那时是老皇历，翻不得，我们要翻新皇历，程家现在有了新皇历。来，立夫，我们喝，为了我们程家的新皇历。

我和大庆站在堂屋，我们谁也没有说话。见我们躲出来，一直在灶炕逗着孙子的婆母抬起头，说，这是晌饭，他们从晌午一直喝到这会儿。为了不让婆母着急，我说没关系，让他们慢慢喝，爸不冲人家发火，是一件好事。婆母嘴于是一瘪，屁，还不是黑脸子会讲，咱家你爸你还不知道，就稀罕会讲，玩虚的。我最不信那一套，不当吃不当穿，没有用。我不知道，在婆母的立场上，我是否算做会玩虚的那种人，但在当时，我真觉得婆母的批判，有一种被拽住尾巴的味道。

就在这时，我的公公在里屋喊，玉贞，你过来。

我走进里屋，只见我的公公醉得不成样子，他一只手握住井厂长的手，一只手握住我的手，然后再将两只手放到一起。他扬着嘴巴，冲我说，你们俩握握手，你们俩是我程家的后人，你们俩握握手。井厂长没醉，他把我的手推回去，告诉公公，好啦，我们握了。公公不依，不行，我没看见，你们没握。我想，我已经是忍无可忍了，我的胸膛里有一股气儿直蹿到脑门。这时，大庆从屋外进来。大庆进来，脸色都变了，他上前握住我的手，坚决不让他的父亲再动。爸，你记着，她姓申，他姓井，他们不是你的后人，他们与我们程家毫无关系！我第一次看到大庆发火，他的手和嘴唇都有些哆嗦。我用力攥住他，让他忍住，让他不要触怒已醉的公公。可是，事情到了这个地步，已经无可救药，我的公公一个拳头，就把酒杯砸碎，之后，噌的从炕上站起，怒不可遏地指着大庆，你姓程，你是程家后人，你有什么本事？不跟人申玉贞沾光你能走出去？结了婚，有老婆撑着，我不骂你你就不知自个是谁了，就觉得自个了不起了。告诉你吧，你没什么了不起，申玉贞也没有什么了不起，井立夫，也包括你，你们都没有什么了不起，你们瞧不起我，屁！我不用你们瞧起。大庆你记着，你打小时起，就没瞧起你爸，我知道。

　　我的婆母哭了，大庆哭了，我和我的孩子都哭了。大庆拽着我的手，要我马上走。我说别，他会冲妈没完。大庆说，你不走，他更没完。就这样，我们抱着孩子，连夜离开婆家，来到十里洼我的娘家。

可是，这个黄昏，我们走出来，离开小镇，心情并不轻松，大庆一遍遍跳下自行车，叹息着，向后望着。当我们走到十里洼东边的谷底，大庆放好车子，将我和孩子一块儿揽在怀里，深深地抽泣起来。晚霞退去，月亮升起，夜晚的这个沟谷，初恋时，我们曾经在这里无数次拥抱，昔日的拥抱，只有甜蜜，而此时，我们已揽进怀里太多太多的内容。

大庆说，玉贞，也许我不该发火，现在，爸，妈，在家都不会好过，可是我实在忍不住。我说，我懂，你是既爱，又恨。不，你不懂，我没有恨，我只是受不了。大庆说着，松开我，抱过孩子，拉我在一块草坪上坐下，就像大姑姐姐惹恼了父亲而引出了童年的往事，大庆也在这时生出了向我说些什么的意思。他把外衣脱下来，罩在孩子身上，偎着我的肩膀，开始了我俩结婚以来第一次，关于他的童年和他的爸爸的讲述。

　　大庆说，爸重男轻女，小时候，他很喜欢我，六岁那年，他曾给我买过糖豆，米粒那么大。只给我而不给大姐。但是不知为什么，他对我的偏爱并没加深我对他的感情。我不喜欢他。我不喜欢他唯一的原因就是不认为他是程家的人，他总是穿得干干净净，袖着手，脸也是白白的，不像我、妈、大姐还有小妹，都是一些泥孩子。我不是不喜欢人干净，我是发现，爸在看我们这些人时，有一种嫌恶，有一回我拿一块饼子夹大葱送给他，手上沾着黄泥，他一巴掌就给打掉到鸡食盆里。后来他往家拿回奖状，看到上边写着程有旺三个字，我才觉得他真是我们程家的人。不过，小时，爸爸可从来不发火，他的心思好像从来不在我们身上，也就从不因为我们发火。当我上了初中，学了一些知识，爸那个世界开始吸引我。那时，许多同学都羡慕我，说你行了，长大能接你爸的班，在外。于是，我就天天想，爸爸那个外边是什么样子呢？有一天，我们到县城边上的大黑山旅游，回来的路上，我突生一念，给老师请了假，一个人打听着去了光明山供销社。看到爸爸的供销社，就是野地里那四间瓦房，我当时别提心里有多失望。我在门口站了很长时间，几乎是不想进去。可是考虑到天已晚了，不去又无处可去，就推门进去了。迎上我的是一个眼镜男人，我说我找程有旺，他是我爸。他看看我，随口说，你爸下乡卖化肥了，在万谷村。他指给我东南方向让我看。可我没有去。我到这里，并不是为了找爸，只是想看看爸的供销社是什么样子，和咱小镇供销社有没有什么区别。我站在那儿，没动。这时，戴眼镜的男人跟我说，你不去你会吃亏的，你爸兜里有那么些饼干，你难道不想吃？我心里想，我都是初中生了，我可不是为饼干来的。见我无动于衷，眼镜男人开始跟我搭话。他说，你爸可是一个老积极分子，工资钱，都买饼干送人了，你爸拿回家那些奖状可都是钱换的。我能听出，他说这些话，不是为了表扬爸，可是我觉得用工资钱换奖状，也并不是什么坏事。那时候，我们学校也发展团员，我懂得积极这个词的美好含义，也懂得获得美好的东西是需要付出代价的。我笑了，我说我爸是党员吧。眼镜男人却冷笑了一下，诡秘地从柜台的一个抽屉里拿出一个小本本扔给我，说你自己看看吧。我当时什么念想都没有，只以为是爸爸的革命日记，可是打开来一看，我一下懵了，那里写的，全是爸爸准备抛弃我们的宣言，那上边的每一篇日记的篇头，都写着一个人的名字，好像是下乡知青，叫卢兆明。那些日记好像是为这个人而写的，那些宣言，也都是冲这个人而发的，他说，卢兆明，我会在不久的将来，随你回城。他说，卢兆明，你一定要耐心等待我，我一定要争当省劳模，离婚进城，奔向我的新生活，为了这一天，我将不惜一切代价。他说，我很小的时候，跟父亲住安东城，就喜欢上城市，从此我一直努力着，穿干净衣服，听有线广播，知国家大事，做文明青年，可是没想到光明山供销社这么小。你在我身边的出现，就像一盏灯塔照亮我的生活。我一定不辜负你的希望。我不敢再往下看，我将小本扔给了眼镜男人。

我当时已经十五岁，许是因为对爸爸没有感情的缘故，我没有想到这个小本落到别人手里是什么后果，我什么都没想，撒腿就往外跑。我边跑边哭，我恨不能插上翅膀，立即回到家中，我觉得有一个东西就要碎了，而我只要快一点回到家中，这个东西就会免遭损坏。我是在第二天早上日头出来时回到家的。妈和大姐这时已下地插秧去了，家里锁头看家。我又一口气儿跑到大田，可是，当我见到妈，我彻底打消了告诉妈的念头，妈妈跑上岸来，心疼地看着我，抹着我的眼角，说你回来了，你真的回来了，我就知道你不会丢。我从妈妈的手指间，感到了一种少有的温暖，就想妈妈有足够的温暖，妈妈不需要别人。那之后，我一直等待爸爸回来，等待爸爸把一个东西通过他的嘴打碎。我真是有些着急地期盼。可是，不久之后，他回来了，他却并不提出离婚，他叫妈烧水洗澡，他给我们听收音机，他来家找事儿，就是不提离婚。那时，我真的开始恨爸爸，我恨了他好多年。好多年之后，我在制镜厂上班，有一天，来了一个戴眼镜的男人找我，对了，就是你以为是我爸的那个人，他就是光明山供销社里那位眼镜男人。他找我，把那个小本子送给我，他说要不是他举报，爸早就把我们全家抛掉了。他说，他并没有坏爸，他是捡到这本日记，才开始监督爸的财务，才发现爸为了取得民心争当市劳模，私下贪污价值四百多块钱的物资。被查处后，爸再也当不上劳模，为了处罚他，按月扣除工资的一半竟达十年之久。那个男人走后，我的心情复杂极了，这个我所不喜欢的爸爸，他从来就没为程家着想过，他大半生都在拼力挣脱这个家，挣脱失败，又要将失败的后果由家来承担。其实，后来爸爸回家所有的挑剔，都因为他的失败，都因为他曾经那么疯狂地向往过城市。但我发现，知道了爸爸的一切，对爸爸的恨，并没有由浅入深，而是加进了一些同情和难过。那时，我已经能够客观地看妈，客观地看爸，爸十二岁出去闯荡，光明山那样一个偏僻的地方，怎么能系住爸的心，爸又赶上了那样火红的年代……那年春节去你家，我被你叔叔批评，你叔叔说我没有教养，我对爸爸，更是有了理解，那时我发誓，你若因此不嫁我，我也将从此离家而去，一个人到外边闯荡，像爸那样……

夜静静的，一丝秋风从后背吹来，透着一股凉意。我长时间没有接话，我的心里，一时被一些纷乱的信息充满，难以理清思绪，眼镜男人、日记、饼干、城市、光明山供销社、下乡知青卢兆明、挣脱……在明晃晃的月光下，我伸出手来，抚着大庆的脸、孩子的脸，我一时说不出话来，我不知道说什么才能准确地表达我此时的感情——对我的公公的感情，对大庆的感情。他们都在挣脱，包括我的大姑姐姐，他们究竟要挣脱什么？这时，大庆拉过我的手，在手里捏着，说，你不知道，当爸把你和井立夫当成我们程家的人来指望，我的心是什么滋味？

那一时刻，我心底一抖，眼中有股咸涩的液体涌出。

　　大庆将他守护多年的关于他父亲的秘密向我和盘托出之后，有一个名字，总是不知不觉地浮现在我的脑海——卢兆明。我的公公，就是因为跟他接触，才动了彻底挣脱的念头，他到底是一个怎样的青年？他用了什么样的魔法煽动了一个漂移多年的灵魂，让他居然动了罪恶之念？在我和大庆忙碌着办工作调转的日子里，这个事情一直扯不断理还乱地纠缠着我。我想，我的公公与卢兆明的相遇，一定是经历了一段漫长的等待，这个等待，可能是五年，也可能是十年，也可能是二十年。公公其实在刚做了给公家卖货的人不久，等待就在他的心里边觉醒了。依着公公曾经的叙述，依着大姑姐姐的叙述，依着大庆的叙述，我想象，我的公公，在他的父亲领他在安东城看戏的时候，就萌生了挣脱什么的念头，当他父亲的生命、钱财和进城的希望被一个抢劫者结束，这个念头便变成了一种意志。他携着丝绸，携着与父亲常联系的商业网点的名单，同时也携着父亲没有实现的理想，在安东、岫岩、海城、大石桥一带闯荡。他聪明机智，脑瓜灵活，总能打时间差钻市场的空子，不到一年，就还上了父亲去世后的债务。可是，就在他在商界如鱼得水，有了自己一席之地时，合作化运动吞噬了他。巨浪中醒来，光明山野地间四间瓦房伫立眼底，猛狮被困似的焦灼也就应运而生。我的公公，习惯自由散漫，习惯按自己的想法做事，做自己的事，他无法受集体束缚，曾一度，他跑回家中，欲了断自己的闯荡生涯。可是看到老母，想到父亲曾经的意志，又暂时地回到了供销社。转化是在这一次上班之后形成的，这一次上班，我的公公参加了县里召开的动员大会，公公被戴上了第一批公家人的红花。主持会议的人说，你们年轻，好好干，前途无量。公公毕竟年轻，前途这样的字眼太容易激活他打动他，从此，四间瓦房再也不是四间瓦房，而是一个人生的舞台，他的观众不在身前，而在身后，在上边，在县里；从此，四间瓦房面对的荒野不再荒芜，而是实现无量前程的广阔空间。我的公公再也不觉得自己是困兽，他在瓦房与县城之间奔波，他认真服务，努力争取上边赏识，他深刻改造世界观，变为自己赚钱而为公家服务，他甚至从不在乎工资多少，那点工资跟经商比较，太少太少，他根本就不放在眼里，他眼里只有一个前途。那个前途，和父亲带他奔着的前途是一样的，只是途径不同，它将和自己从前的前途在将来的某一日殊途同归。于是，我的公公真正地找到了公家人的感觉，在小小的舞台上做着大有作为的梦，母亲去世，结婚，成家，都变成这梦想的附属品。本来，他的闯荡，是为了母亲的，可是这时，公公已经能够很容易地化悲痛为力量，因为他知道那前途是无量的，无量，也就必须付出更大的代价，更耐心的等待。母亲去世，我的公公家的概念一扫而光，老婆和孩子的出现对他都是无中生有，他一心一意为一年一度的红花、奖状奋斗，一年，五年，十年，二十年，疲累曾使他动过放弃的念头，几次回家不想再走，可是，那个家没有留住他，那个家排斥着他，他回家住几次的唯一感觉是他和这个家毫无关系，就是在这样漫长

的岁月里，我的公公遇见了卢兆明。他在公公
生命中的出现，简直就是一道彩虹的出现，尽
管事情最初完全是偶然，但它在公公的命运上，
绝对是必然。那应该是一个冬天，那应该是一
个下午，我的公公在客流稀少的瓦房屋望着野
地里翻飞的草叶，若有所思又不知所思为何，
这时，他看见了下乡知青卢兆明，他穿着夹克，
正大步流星从野地走来，带着一股寒冷和尘土。
卢兆明才到知青点两天，身子脏得受不了，就
来到了供销社。他与公公见面第一句话是，你
是哪个知青点的？公公蓦地愣住。公公丝毫不
知卢兆明的诡计，他笑了，急中生智反问道，
你是哪个知青点的？卢兆明说，下黄的。卢兆
明回答完，又说，大哥，你这儿方便，晚上能
不能烧一锅开水，烫烫澡。说公公是知青，卢
兆明只是想套个近乎，可是这对公公，却是十
分关键的一步，这让他看到自己原来和另一些
生命没有什么两样。他欣然答应了卢兆明的请
求，不但如此，从此，他每周烧一锅热水等着
卢兆明，后来让他搬到供销社住。热气腾腾的

熏蒸中，他们谈天谈地，谈城里的火车轮船和澡堂，谈城里的油漆马路和公园，谈青年人的志向和理想。那是公公最快乐的时光，那是公公最放松的时光，因为公公从来没有说破自己的身份，卢兆明也就从不揭穿，不但不揭穿，说话时，动辄就说等咱们回城，咱们一定争取早一点回城。他还在夜里带公公到知青点去串，他跟知青们说，这是咱们老程，前途无量。卢兆明夸公公前途无量，并不是一句真话，只是对公公为他所做一切的一种回报，可是久而久之，公公的理想便振翅而飞。公公的理想是一个无法公开的秘密，公公的理想驰骋在一个小小的日记本上，当卢兆明利用发水的机会，挨门挨户捐钱捐物，一次性当上省劳模迅速回城，公公的理想，便驰骋在下乡卖化肥与农民接触的广阔空间里，便驰骋在如何将公家的物资变成自己所有的思索里。我愿相信，当他兜里的饼干一块块流进乡亲黑黑的手中，他看到身后那个长长的累赘便如纤夫那长长的纤绳就要被切断。公公看到了无边的光明，公公兴奋不已，

他就是在那片无边的光明中走向了那个失败的
终点……

我的想象，只表明我对公公这个人的兴趣，
并不表明事实的确凿与否。我只是想说，我的
公公在井立夫的几句好话之后，突然来了个
一百八十度大转弯，是不是井立夫让他重温了
卢兆明在他生命中闪烁的一片光明，抑或，当
他知道自己的生活没有了光明，井立夫带有攻
关意味的恭维，便成了他得以慰藉失败的一剂
最好的药？

就像我私闯程宅，没有给程家粉饰生活的
机会，是公公的宿命；我与大庆衣锦还乡的理
由没有得以在公公面前直接表达，同样是公公
的宿命。试想一下，如果井立夫不是在那一天
登门拜访，如果我的公公不改变态度使井立夫
无法久留，我们顺理成章地说出调动的事，程
家将是多么欢天喜地的喜庆局面，在那种情况
下，公公的成就感会油然而生。大庆是他的儿子，
子承父业天经地义，大庆暗暗地伸展、延长了

他的人生道路，使他没能实现的得以实现，这对公公，是一件多么重要的事情。可是，他偏偏以宿命的方式向我打开了另一个切口，这且不说，他将在酒醒之后，长时间地陷入懊悔之中，因为他太在乎我；他将承受晚知道我们调动的消息而带来的不悦，因为他是我们的长辈，我们没有任何理由隐瞒他。错位总是不期而至，我和大庆，一直在默契地等待着公公因懊悔或不悦而再一次登门爆发。

　　然而，这样的事情没有发生，我的公公没有在某一日如我们想象那样来到我们家。在我们搬家的日子确定之后，我和大庆都觉出事情有些不妙，是不是大姑姐姐没有把消息传达过去？或者两位老人因为不舍我们而病倒？

　　那是一个深秋的日子，我和大庆抱着孩子，双双回到乡下。因为秋忙，小镇上冷冷清清，倒是通往婆母家的乡道上，几辆马车在拼命奔跑，掀起一阵浓浓的烟雾。穿过烟雾，婆家的五间瓦房才在秋阳的朗照中兀现在眼前。许是要有长久的分别和远离的缘故，那熟悉得近乎陌生的房子在我眼中有了一见如故的亲切，并且，当那瓦顶闪烁的光亮刺疼了我的眼睛的时候，我产生了一种幻觉，我看到了童年的我正奔跑在瓦房前边的野地里，和大庆、大姑姐姐，还有小妹，我们一起尽情地撒野，我好像很小就是这个房子里的人，就与这个房子有了说不清的关系，我看到我的公公穿着一件夹克，手抄在衣兜里，朝我们冷冷地看着……我不禁回头，看了一眼大庆。大庆以为我临近家门心里紧张，安慰道，没事，不会有什么事儿。

大庆说得没错，确实没什么事儿，我的婆母正在门口苞米地里掰苞米，苞米绒头发一样撒满她的全身。她在一只手扯住苞米秸、一只手拽住苞米棒子往下掰的一抬头间，发现了我们，于是，不顾一切地跑了出来，吵嚷道，不用老回来看，都挺好的，不用看。大庆问，爸呢？婆母抓着身上的苞米绒，噗一声笑了，这老死鬼，不知怎么就老实了，还勤快了，这不，下田帮我割稻子去了。

在一片一望无际的稻田里，我们由远及近

地走近了我的公公。他已汗流浃背，短袖衫紧紧贴在身上，肩膀处隆起一个高高的褶峰。他因为不会用刀，又哈不下腰，一刀下去，只能割两三簇。我们几乎就是默默地走到我的公公面前的，我们没有提前惊动他，当大庆的小腿和双脚一点点进入公公的视线，他停止挥舞的镰刀，渐渐把腰抬起，看着大庆和我。我的公公奇怪极了，他看了看我们，现出笑的表情，但没有笑出来，又哈腰挥起镰刀。大庆终于沉不住，他说，爸，我调动了。大庆没有选择进城这样的字眼儿。我的公公再次停下来，嘴唇咧了咧，说，我知道了，这是好事儿。我说，爸，我们回家吧，下午再割——我的意思是说我们坐下来说说话，我们好久没在一起说说话。他却说，不，下午你妈苞米掰完，就会来抢着割，她太累了。听到这话，大庆脱下皮鞋，上前要过公公手中的镰刀，一气不停地割了起来。这是我第一次看到大庆干农活，就像第一次看到公公干农活一样。稻穗在一片风浪的滚动中，张扬着最后的疯狂。

那个中午，因为忙，我们吃了简单的午饭，主食是地瓜，菜是秋豆角炖土豆。我的公公没有喝酒，没有提上一次撵我们走的事儿，没有说进城这么大的事不该隐瞒他，他甚至没有将我们调动的事单独提出，做一些必要的渲染，比如程家祖上积德，终有了出头之日，或者大庆有今天，多亏了玉贞，他什么都没有说，好像这件事根本就不存在，好像这件事即使存在，也没什么了不起。我的公公与从前判若两人，他像一个正常的老人那样，一边引逗着孩子，一边平静地看着我们，要我们慢吃，吃饱，要我们吃完饭早些走，不用挂家，家里的活有他和妈。他的目光呈现着少有的祥和，他的发丝被汗濡湿，呈现了温顺的走向，他最大的变化，是饭桌上不再支使婆母拿这拿那，洒了菜汤，自己走到堂屋拿来抹布，让我很不适应。婆母在他出去送抹布时，嘴一撇，说，老了，改肠了，说老就老了，就改肠了。

我不知道，是不是在一个人的生命里，真的存在顿悟，比如我的公公在这段不平常的日子里，看到大庆一步一个脚印的努力，对比了自己多年的飘忽、一无所获，终于感到愧对妻子儿女，要从头做起；或者，像我们想象的那样，他从大庆的奋斗中，获得了血脉延续的成就感自豪感，进而平静了心态，或者，他从我们的远离，看到了必须独自承受一切的宿命……不得而知。我的公公在我们刚刚吃完饭时，先我们一步离开家门。他拿着镰刀，穿着一件褪旧衬衫，悄没声地朝通往稻田的堤坝走去。

　　发现公公离家，我和大庆都跟出院子，我们的孩子也跟出院子，我们的孩子在跟出院子时，大声地喊着爷爷——爷爷——我的公公没有因孩子的喊而回头，他只是义无反顾地朝堤坝走去，脚步平稳而踏实。我们望着公公的背影，望着公公呈现着平静表情的后颈，心里有一种说不出的滋味。我们想不到与家的分别会是这个样子。许久，我转过身来，与大庆对视，我们的目光中都蕴含着失落，我看得出，此时此刻，他的心情和我一样，希望我的公公回过头来，朝我们大喊一声：好好干啊，进城！

公公的身影渐去渐远，一点点消失在堤坝尽头，融入茫茫稻田、天地之间。我心的某个部位疼了一下，之后发现，他的儿子，我的丈夫大庆，已是泪光莹莹。

图书在版编目（CIP）数据

致无尽关系/孙惠芬著.-上海：上海文艺出版社.2017.6

（小文艺·口袋文库）

ISBN 978-7-5321-6253-6

Ⅰ.①致… Ⅱ.①孙… Ⅲ.①中篇小说-小说集-中国-当代

Ⅳ.①I247.5

中国版本图书馆CIP数据核字(2017)第090716号

发 行 人：陈　征

出 版 人：谢　锦

责任编辑：于　晨

封面设计：钱　祯

书　　名：致无尽关系

作　　者：孙惠芬

出　　版：上海世纪出版集团　　上海文艺出版社

地　　址：上海绍兴路7号　200020

发　　行：上海世纪出版股份有限公司发行中心

　　　　　上海福建中路193号　200001　www.ewen.co

印　　刷：山东临沂新华印刷物流集团有限责任公司

开　　本：760×1000　1/32

印　　张：7.125

插　　页：3

字　　数：89,000

印　　次：2017年6月第1版　2017年6月第1次印刷

I S B N：978-7-5321-6253-6/I.4987

定　　价：27.00元

告 读 者：如发现本书有质量问题请与印刷厂质量科联系　T:0539-2925888

小说